AF177728

Tucholsky   Wagner   Zola   Scott   Schlegel
  Turgenev   Wallace   Fonatne Sydow   Freud

    Twain   Walther von der Vogelweide Fouqué   Friedrich II. von Preußen
              Weber   Freiligrath   Frey
Fechner   Weiße Rose   von Fallersleben Kant   Ernst
      Fichte   Richthofen   Frommel

        Engels   Fielding   Hölderlin
  Fehrs   Faber   Flaubert   Eichendorff   Tacitus   Dumas

              Maximilian I. von Habsburg Fock   Eliasberg   Ebner Eschenbach
  Feuerbach   Ewald   Eliot   Zweig
          Goethe   Vergil
                        Elisabeth von Österreich   London
Mendelssohn Balzac   Shakespeare
                Lichtenberg   Rathenau   Dostojewski   Ganghofer
      Trackl   Stevenson   Doyle   Gjellerup
  Mommsen   Tolstoi   Hambruch
        Thoma   Lenz   Hanrieder   Droste-Hülshoff
Dach   Verne   von Arnim   Hägele   Hauff   Humboldt
      Reuter   Hagen   Hauptmann
  Karrillon   Garschin   Rousseau   Gautier
        Damaschke   Defoe   Hebbel   Baudelaire
                  Descartes
Wolfram von Eschenbach   Dickens   Schopenhauer Hegel Kussmaul Herder
    Bronner   Darwin   Melville   Grimm Jerome Rilke   George
        Campe   Horváth   Aristoteles   Bebel   Proust
Bismarck   Vigny   Barlach Voltaire Federer
              Gengenbach   Heine   Herodot
    Storm   Casanova   Lessing   Tersteegen   Gilm Grillparzer Georgy
        Chamberlain   Langbein   Gryphius
Brentano   Lafontaine
  Strachwitz   Claudius   Schiller   Kralik   Iffland Sokrates
        Katharina II. von Rußland Bellamy Schilling
                    Gerstäcker   Raabe Gibbon   Tschechow
Löns   Hesse   Hoffmann   Gogol   Wilde   Gleim   Vulpius
  Luther Heym   Hofmannsthal   Klee Hölty Morgenstern
      Roth   Heyse Klopstock   Kleist   Goedicke
Luxemburg   Puschkin Homer   Mörike
        La Roche   Horaz   Musil
  Machiavelli   Kierkegaard Kraft Kraus
Navarra Aurel   Musset   Moltke
  Nestroy Marie de France Lamprecht Kind Kirchhoff Hugo
                    Laotse   Ipsen Liebknecht
  Nietzsche   Nansen   Ringelnatz
      Marx   Lassalle Gorki   Klett   Leibniz
  von Ossietzky   May   vom Stein Lawrence   Irving
Petalozzi   Knigge
    Platon   Pückler Michelangelo   Kafka
  Sachs   Poe   Liebermann   Kock
      de Sade Praetorius   Mistral   Zetkin   Korolenko

tredition und das Projekt Gutenberg-DE

Mehr als 5.500 Romane, Erzählungen, Novellen, Dramen, Gedichte und Sachbücher in deutscher Sprache von über 1.200 Autoren – das Projekt Gutenberg-DE ermöglicht den Zugang zu klassischer Literatur aus zweieinhalb Jahrtausenden in digitaler Form. Der Großteil der Titel ist seit Jahren vergriffen und nicht mehr im Buchhandel oder Antiquariaten erhältlich.

tredition hat sich die Aufgabe gestellt, die Buchtitel des Projekt Gutenberg-DE wieder als gedruckte Bücher zu günstigen Ladenpreisen zu verlegen. Mehr als 2.000 Titel sind bereits wieder erschienen und überall im Buchhandel erhältlich. Die Stärke von tredition nutzen auch viele Autoren, die selbständig ein Buch veröffentlichen möchten. Mehr dazu unter **www.tredition.de.**

Eine Übersicht aller verfügbaren Titel senden wir gern auf Anfrage zu (www.tredition.de/kontakt) oder stöbern Sie online unter **http://www.tredition.de/projekt-gutenberg.**

Der Schiffszimmermann

Friedrich Gerstäcker

Impressum

Autor: Friedrich Gerstäcker
Umschlagkonzept: Buchgut, Berlin

Verlag: tredition GmbH, Mittelweg 177, 20148 Hamburg
ISBN: 978-3-8424-0506-6
Printed in Germany

http://www.tredition.de/projekt-gutenberg
http://projekt.gutenberg.de

Copyright/Nutzung der Werke
Alle Bücher im Projekt Gutenberg-DE sind nach unserem besten
Wissen frei von Urheberrecht.

Dieses Buch entstand durch eine Kooperation von tredition und
Projekt Gutenberg-DE.

Ziel der Kooperation von tredition und dem Projekt Gutenberg-DE
ist es, deutschsprachige Literatur wieder in Buchform verfügbar zu
machen. Die Wiederveröffentlichung einer bestimmten historischen
Ausgabe kann nicht gewährleistet werden. Da die Werke des
Projekt Gutenberg-DE eingescannt und digitalisiert werden, können
etwaige Fehler nicht komplett ausgeschlossen werden. Das Projekt
Gutenberg-DE tut jedoch sein Bestes, um die Werke bestmöglich zu
bearbeiten. Sollten Sie trotzdem einen Fehler finden, bitten wir
diesen zu entschuldigen. Die Rechtschreibung der Originalausgabe
wurde unverändert übernommen. Daher können sich hinsichtlich
der Schreibweise Widersprüche zu der heutigen Rechtschreibung
ergeben.

Friedrich Gerstäcker

Der Schiffszimmermann

Leise wogte die See und warf nur wie spielend ihre durchsichtigen tief blauen, silber beschäumten Wogen gegen die Korallenriffe von Tubuai, der Hauptinsel einer kleinen Gruppe von Eilanden im Stillen Meere, deren Palmen die milde Luft durchrauschten und über deren bis zur höchsten Kuppe bewaldeten Bergen der Himmel sich rein und sonnig spannte.

Am sandigen Korallenstrand spielten, als die Schatten länger wurden und das heiße Taggestirn sich mehr und mehr dem Horizont zuneigte, eine ganze Schar bronzefarbiger munterer Kinder, haschten sich, indem sie über die scharfen Korallenstücke mit den nackten Sohlen hinliefen, als ob ihre Füße mit Leder und Eisen gegen jede Verletzung geschützt wären, oder schaukelten sich an langen, aus Kokosfaser gedrehten und in den Kronen der Palmen befestigten Seilen herüber und hinüber – jetzt weit über das blaugrüne Binnenwasser hinaus, über das die mächtigen Bäume ihre Wipfel neigten, jetzt hinein in das Guiaven- und Orangendickicht, mit keckem Fuß die Gefahr abwehrend, gegen irgendeinen der nahen Stämme geschleudert zu werden.

Die erwachsenen Männer lagen behaglich ausgestreckt im Schatten eines kleinen Orangen- und Bananenhains, dessen Ausläufer wunderlich starrästige Pandanusbäume bildeten, und schauten teils den Spielen der Kinder zu, teils ziemlich gleichgültig nach einem in der Ferne sichtbar gewordenen Segel, das mit der leichten Brise langsam näher kam. – Geschäftiger dagegen waren die Frauen, die hier und da in der durchsichtigen Flut Kokosschalen zu Bechern abschliffen, Kränze und Haarschmuck aus den weißen zarten Fasern der Pfeilwurz wanden, oder auch mit der Angel, bis zum Gürtel im Wasser, zwischen den Korallen standen, ein leckeres Abendmahl von kleinen Fischen zu fangen. Diese wurden dann roh, nur in

Kokosmilch und Salzwasser getaucht, und mit der gerösteten oder gedämpften Brotfrucht gegessen.

Früher schallte hier freilich auch das muntere Getön der Tapa-Klöppel durch das schattige Dunkel der Waldung. Die Frauen und Mädchen verfertigten sich damals aus der gegorenen Rinde des Brotfrucht- und Bananenbaumes ihre eigenen Stoffe zu Pareu und Schultertuch; und während ihnen lachend und singend die Arbeit zum Spiel wurde, sammelten sich die jungen Leute um sie her, halfen ihnen den Teig einkneten und ausbreiten, und schnitzten ihnen aus dem harten Holz der Casuarine die Klöppel.

Jetzt ist das freilich vorbei. Zuerst brachten ihnen die Missionare, dann andere anlegende Schiffe, besonders Walfischfänger, buntfarbige Kattune und andere billige Stoffe, die ihnen besser gefielen als die einfache, selbst gefertigte Tapa. Die einzige wirkliche Arbeit, die sie bis dahin gekannt, wurde also beiseite geworfen, und der edle Müßiggang, dem die Natur hier mehr als an irgendeinem andern Ort der Welt Vorschub leistet, ward ihnen halb lieber als alles andere. Manchen schlimmen Einfluss hatte das allerdings auf sie, aber das Gutmütige, Einfache, Herzliche in ihrem ganzen Wesen konnte es ihnen doch nicht rauben. Froh und fröhlich lebten sie in den sonnigen Tag hinein, und der Gott da oben, der über ihre Heimat das ganze Füllhorn seiner reichen Schätze ausgeschüttet, musste ihnen ja wohl ein lieber Vater sein.

Wenig waren sie dabei mit den Weißen, die sich schon auf den benachbarten Inselgruppen festgesetzt, ja einen Teil derselben sogar gewaltsam in Besitz genommen, in Berührung gekommen. Zwei Missionare siedelten sich allerdings an der Nordseite der Insel an, deren gutmütige Bewohner sie bald ihrem Glauben gewonnen hatten. In wirklich innigem Verkehr mit ihnen lebte aber nur ein einziger Weißer, ein junger, blauäugiger, frohsinniger Schotte, der vor fünf oder sechs Jahren auf einer der Tonga-Inseln einem Walfischfahrer, auf dem er als Zimmermann gefahren, entlaufen war und seinen Weg hierher gefunden hatte. Hier aber fesselte ihn sein Herz. Er verliebte sich in eins von den lieben Gesichtern der jungen Tubuai-Mädchen, die dort zu Dutzenden umherliefen, und da ihm das stille gemütliche Leben dieses, wenn auch von der Welt abgeschiedenen, doch reizenden Platzes ebenfalls gefiel, und die Eltern nicht die geringsten Schwierigkeiten machten, sondern nur eine rechtsgültige Trauung von dem Missionar verlangten, gab er sein unstetes Umhertreiben auf und wurde erstlich ein verheirateter Mann, und dann später ein Familienvater auf Tubuai.

Er selber war zwar nur mit der Schulbildung aufgewachsen, die Knaben in seinen Verhältnissen daheim gewöhnlich erhalten; aber sein Handwerk hatte er tüchtig und brav gelernt, und machte weiter an ein gesellschaftliches Leben keine größeren Ansprüche, als ihm die Insel eben bieten konnte. Unter dem blauen Himmel und den wehenden Palmen dieses kleinen Paradieses und zwischen den guten und einfachen Menschen verlangte er nichts weiter: denn das häusliche Glück, das er dort gesucht, hatte er ja gefunden. Überdies fesselten ihn an die verlassene Welt keine anderen Familienbande mehr. Seine Eltern daheim waren tot, Geschwister hatte er nie gehabt, und Intaha, sein liebenswürdiges Weib, das ihm zwei Kinder geboren, war ihm alles.

Ehrlich und offen in seinem ganzen Wesen und bei weitem nicht so rau und dem Trunk ergeben, wie es die englischen Seeleute sonst nur zu häufig sind, waren ihm auch die Eingeborenen bald alle freundlich geneigt, und durch seine Geschicklichkeit in manchen für sie höchst wertvollen Kenntnissen wurde er ihnen bald zu einem so nützlichen als gern gesehenen Gefährten.

Tomo, in welchen Namen die Eingeborenen sein Tom Burton bald umgetauft, lag auch heute wieder mit ihnen am Strand und schaute halb träumend, halb sinnend zu dem fernen Segel hinüber, das nur langsam und schwerfällig mit der leichten Brise näher kam. Wohl gingen ihm dabei die früheren Szenen wieder durch den Sinn, die er selber damals an Bord eines Schiffes durchlebt: die schwere böse Arbeit, der ewige Unfrieden mit dem Kapitän, dann seine glückliche Flucht, wo er, fünf Tage an wilden Bananen, so genannten Feis zehrend, auf den Höhen von Hapai zugebracht; dann seine späteren Kreuzfahrten zwischen den schönen Inseln, und nun sein jetziges friedliches Stillleben auf der kleinen Scholle mitten im Weltmeer drin.

»Und wenn du jetzt mit dem Schiffe dort in die Heimat zurückkehren könntest« – gingen seine Gedanken dabei – »möchtest du fort? Möchtest du Intaha und die Kleinen verlassen, um da draußen wieder unter den kalten, herzlosen Menschen das alte Leben zu beginnen? Nein, bei Gott nicht. Es gibt nichts dort, was mich zurück zu ihnen locken könnte, und es kommt mir manchmal wirklich so vor, als ob ich nur eigentlich aus Versehen im alten Europa geboren wäre, so ganz und völlig gehör ich hierher, wohin mich mein gutes Glück zur rechten Zeit geführt. Da draußen mögen sie sich indessen drängen und treiben, um Geld, nur immer mehr Geld zu verdienen, und das Verdiente dann im wüsten Schlemmen zu verprassen, wie ich es selber früher manchmal getan. Ich will jetzt hier genießen und mich meines Glückes freuen; die Welt – bah – soviel für den ganzen unnützen Lärm, den sie darum machen!« –

Die Sonne war indessen, ein roter Glutenball, im Meer versunken, und seine Frau, ein blühendes, blumengeschmücktes, junges, lächelndes Weib, kam, das jüngste Kind ihr auf der linken Hüfte reitend – wie die Frauen dort ihren jungen Nachwuchs tragen –, das älteste, einen kleinen, muntern, dreijährigen Burschen, an der Hand, um ihn abzuholen. Der Tau fing schon an nass niederzufallen.

Das Schiff war noch eine ganze Zeit in dem hellen Streifen sichtbar, der im Nordwesten auf dem Horizont lag, und zeichnete jetzt sogar deutlich seine Rahen und Segel ab. Bald jedoch verschwanden die Umrisse desselben in dem Bleigrau des sinkenden Abends, und als der Mond im Osten über die Berge stieg, war es ganz verschwunden.

Die Indianer interessierten sich aber in der Tat nur für die Schiffe, die wirklich bei ihnen anlegten, was indessen sehr selten geschah. An diese konnten sie dann Früchte, Gemüse, die sie ihr weißer Freund bauen gelehrt, und auch wohl geschlagenes Holz gegen Beile, Tabak, Kattun, Schmuck, Nägel, Spiegel und andere Kleinigkeiten eintauschen. Dass sie dabei nicht zu sehr übervorteilt wurden, überwachte Tomo ebenfalls, und wie er ihnen bei solchen Gelegenheiten als Dolmetscher wertvolle Dienste leistete, war er ihnen auch in dieser Hinsicht unendlich nützlich.

Mühe genug hatte es ihn aber gekostet, die Eingeborenen zu einer wirklich schweren Arbeit zu bringen, wie das Holzhauen in diesem Klima ist, und wenig nützte es dabei, dass er ihnen selber mit gutem Beispiel voranging. Sie setzten sich um ihn her, sahen ihm zu und wollten sich totlachen, wenn ihm der Schweiß in großen Tropfen von der Stirn lief, wurden aber stets sehr ernsthaft, sobald er ihnen selber die Axt in die Hand drückte, und warfen sie auch bald wieder fort. Nur als sie später in die Hände derer, die am fleißigsten gewesen waren, ziemlich reichlichen Gewinn fließen sahen, ließen sie sich eher dazu bewegen mit zuzugreifen. Zureden kostete es indes noch immer.

Solch Holzschlagen war aber trotzdem ein Fest für die fröhlichen Kinder dieser Palmenwelt, die das Freundliche einer Sache stets am leichtesten und schnellsten herausfanden. Dann sammelten sich die Mädchen und Frauen um die Arbeiter, pflückten Blumen und banden Kränze, mit denen sie die Geschicktesten und Fleißigsten krönten, oder lachten auch wohl über die Unbehülflichkeit des einen oder des andern. Das geschah aber auf so gutmütige, herzliche Weise, dass er nie hätte darüber böse werden können und jetzt schon durch eine Art von Ehrgeiz angetrieben wurde, seine Sache besser zu machen und ebenfalls einen Kranz zu verdienen.

Der nächste Morgen dämmerte eben im Osten, und ein paar der jungen Leute waren früh aufgestanden, um auf den Fischfang hinauszufahren. Deren Ruf weckte aber bald noch mehrere Kameraden, die, als sie erstaunt aus ihren Hütten schauten, das gestern Abend erspähte Schiff klar und deutlich und schon ziemlich nah herankommen sahen. Hätte es nicht die Absicht gehabt bei ihnen anzulaufen, so würde es die Nähe der Korallenriffe, die sich um alle diese Inseln bilden und sie oft auf viele Meilen im Umkreis umschließen, gewiss gemieden haben.

Der Seemann hat von diesen Plätzen noch keine guten Karten, und in der Tat wechseln auch die verborgenen Klippen zu oft, um all die gefährlichen Stellen mit Gewissheit anzugeben, und wenn sie angegeben wären, sich auf sie verlassen zu können. Wenn deshalb Schiffe an einer solchen Insel anlegen wollen, halten die Fahrzeuge darauf zu und kreuzen entweder über Nacht in sicherer Entfernung, das Tageslicht abzuwarten, oder werfen auch wohl Anker, wenn sie sichern Grund erreichen können.

Das Letztere geschieht freilich nur selten, da die Koralle – jener geheimnisvolle Baum der Südsee, von dem man noch nicht weiß, ob er sein Wachstum sich selbst oder einem darin hausenden Wurm verdankt – fast immer von bedeutender Tiefe jäh und schroff bis an die Oberfläche emporsteigt. Während hier die Woge über das bis zum Wasserrand gehobene Riff hinüberschäumt, findet dicht daneben das Senkblei oft auf fünf- und sechshundert Fuß keinen Grund. An ein Ankern ist natürlich in solcher Tiefe nicht zu denken.

Das fremde Schiff – darüber war kein Zweifel mehr – hatte jedenfalls die Absicht, mit dem Lande in Verbindung zu treten, und eine rege fröhliche Geschäftigkeit kam bald über die eben noch schlaftrunkenen Bewohner des Strandes. Vor allen Dingen weckten sie Tomo, um ihn von dem erfreulichen Ereignis in Kenntnis zu setzen, und gingen dann eifrig daran, teils Kokosnüsse und Bananen, Orangen, Guiaven, Papayas, und wie die hundert Früchte alle heißen, zu pflücken, teils Brotfrüchte abzunehmen und süße Kartoffeln, Yams und Wassermelonen aus den Feldern zu holen. Die Frauen waren ebenso fleißig, mit rasch niedergeworfenen Blättern der Kokospalme auf eine eigene geschickte, aber unendlich einfache Weise Körbe zu flechten. in diesen konnten sie die Früchte weit besser verpacken und an Bord liefern, und hatten dadurch auch eher einen Maßstab für die Masse und den Wert derselben.

Intaha, die Geschickteste und Fleißigste der Insulanerinnen, hatte aus Bambusstreifen und zierlich gefärbten Pfeilwurzfasern allerliebste kleine Körbchen und Taschen gefertigt, um dieselben bei nächster Gelegenheit gegen manche kleine Bequemlichkeit von landenden Weißen einzutauschen. Von Tomo selber standen sechs Klafter Holz aufgestellt, und er hoffte mit seinen Gemüsen, die er gebaut, seinen Früchten, die ihm Gottes Güte wachsen ließ, und seinen Hühnern und Schweinen, die er gezogen, diesmal ein ordentliches kleines Kapital anlegen zu können.

Das Schiff kam indessen immer näher, und als es fast bis dicht an die Riffe aufgekreuzt war, wurde ein Boot ausgesetzt. Dieses, von vier tüchtigen Riemen getrieben, hatte schon die schmale Einfahrt in die Riffe bemerkt und kam jetzt durch das glatte Binnenwasser, das stets zwischen den Riffen und dem festen Lande liegt, rasch herbeigerudert. Und wie drehten die Matrosen, die nun so lange da draußen an Bord Salzfleisch und harten Schiffszwieback gekaut, und nichts gesehen hatten als das weite, weite Meer, beim Anrudern den Kopf so sehnsüchtig bald rechts, bald links über die Schultern, um das Auge einmal wieder an dem saftigen frischen Grün der Bäume zu laben – wieder einmal Frauen und Kinder zu schauen und das Rauschen und Flüstern des Windes im Laub zu hören!

Oh ihr, die ihr auf festem Lande lebt und noch nie aus Sicht des heimischen Bodens gekommen seid, ihr wisst gar nicht, welcher unendliche Zauber für den seemüden Wanderer allein nur in dem kleinen Wörtchen Land verschlossen liegt. Wie leicht sich das unter der Sohle fühlt, wenn es der springende Fuß zum ersten Mal wieder berührt; wie süß die Blumen duften; wie melodisch die Vögel singen; wie wunderbar gefärbt das alles erscheint! Ein eigener Zauber liegt auf solchem fremden Boden. Wenn aber schon der Seemann selbst der unwirtbarsten, rauesten Küste ihre freundliche Seite abzugewinnen weiß, über das kleine dürftige Heideblümchen jubelt, das er zwischen nacktem Felsgestein gefunden, und bunte Muscheln und Kiesel am Strande sucht, um sie zur Erinnerung mit aufs Schiff zu nehmen – wie ist ihm da zu Mute, wenn sein Fuß ein fertig Paradies betritt, wo die Natur das Schönste, was sie irgend bietet, in dem so kleinen engen Raum mit vollen Händen aufgehäuft. Dass die Leute dann oft wie im Taumel umhergehen und, wie die Kinder, gar nicht wissen, nach welchem Genuss sie zuerst langen, welche Frucht sie zuerst pflücken sollen, kann man ihnen wahrlich nicht verdenken.

Wie der Gefangene, der nach langen Jahren schwüler Kerkerhaft zum ersten Mal wieder die freie, von Mauern nicht umschlossene Luft einatmet, den blauen Himmel nicht durch ein Eisenfenster gegittert sieht, so verlassen sie das Schiff auf kurze Zeit, sich das Firmament einmal wieder durch einen Baumwipfel anzusehen und gleich nachher – die lange, mühselige Fahrt auf's Neue zu beginnen. Dass die Leute dann beim Anblick der wehenden Palmen, süßen Früchte und lieben, freundlichen Gesichter manchmal eine Art von Heimweh bekommen und dem Schiff zu entlaufen suchen, ist allerdings unrecht, denn sie brechen einen eingegangenen Kontrakt – aber erklärlich und menschlich bleibt es immer.

Die Kapitäne wissen das auch, und obgleich schwere Strafen darauf gesetzt sind und die Leute oft den seit Jahren mühsam verdienten Lohn, den der Kapitän für sie in Händen hat, im Stich zu lassen genötigt sind, um nicht wieder mit hinaus auf das öde Meer, um nicht wieder diese Küsten verlassen zu müssen, so trauen sie ihrer

Mannschaft doch nimmermehr. Wo sie einmal an solcher Insel anlegen, brauchen sie jede nur mögliche Vorsicht, und diejenigen von den Matrosen, welche nicht das Boot mit rudern, dürfen das Land gar nicht betreten.

Auf solche Art sehen dann die armen Teufel von Matrosen von dem wunderschönen Land, das sie nach langer Fahrt zu betreten hoffen, gewöhnlich unendlich wenig. Vor ihnen rauschen die Palmen und fließt der murmelnde Quell unter fruchtschweren schattigen Zweigen hin – aber nicht für sie. Was hilft es ihnen, dass sie dem Namen nach fremde Länder besuchen? Wie der Gefangene aus dem Fenster seiner Zelle die grünen Felder und die darauf schaffenden freien Menschen erkennen kann, ohne hinaus zu ihnen zu dürfen, so lehnt der Matrose an seinem Bord und schaut sehnsüchtig nach dem wundervollen Schauspiel hinüber, das sich seinen Augen bietet. Er misst vielleicht mit einem verzweifelten Blick die Entfernung zwischen Schiff und Land, das möglicherweise mit Schwimmen zu erreichen, bevor er von dem nachgeschickten Boot wieder eingeholt und zurückgebracht würde, und wendet sich dann seufzend ab, seinen allerdings freiwillig übernommenen Geschäften, die ihn jetzt rettungslos binden, in alter Weise nachzugehen.

Nur wenig mehr Freiheit haben die Ruderer. Allerdings betreten sie den Boden und dürfen sich selber, wenn sie Lust haben, die am Strand wachsenden Früchte pflücken, aus der Quelle trinken und mit den Eingeborenen verkehren, ihnen die Hand drücken und ihren herzlichen Gruß erwidern. Aber ehe sie nur eigentlich recht zur Besinnung kommen können, ist auch die kurze Zeit schon wieder vergangen, der Befehl zum Einschiffen erfolgt, und hinter ihnen liegt wieder auf lange, lange Monde – vielleicht auf Jahre – der schöne Traum von Früchten, Land und Bäumen und den freundlichen lieben Gesichtern guter, harmloser Menschen. Ihre Heimat ist von da aufs Neue das Meer, ihr Geschäft: den schmutzigen, übel riechenden Tran auszukochen und den Elementen ihre Existenz, ihr Leben abzuringen.

Doch daran dachten sie jetzt nicht. Kaum berührte der scharfe Kiel des leichten, die Wogen rasch durchschneidenden Walfischbootes den rauen Korallensand, als sie auch, wie mit einem Schlag, ihre Ruder hineinwarfen und nach allen Seiten hin über Bord sprangen, um das Boot höher hinauf an Land zu ziehen. Fröhlich und geschäftig umringte sie dabei das neugierige, lachende, jubelnde Volk der Eingeborenen, die recht gut wussten, dass sie von solchen anlandenden Booten nichts zu fürchten hatten, wie diese Mannschaft ja auch ebenso sicher in ihrer Mitte war.

Der Harpunier nun, der jetzt ebenfalls langsam das Boot verließ, überschaute erst forschend und langsam die fremden ihn umgebenden Menschen, um irgendeinen darunter herauszufinden, der vielleicht eine Autorität unter den Übrigen sein könnte, und dann mit diesem seinen beabsichtigten Handel abzuschließen. Da fiel sein Blick auf die Gestalt des weißen Mannes, der eben noch ganz in seiner europäischen, nur aus leichten Stoffen gefertigten Tracht unter dem kühlen Schatten der den Strand umschließenden Bäume sichtbar ward und langsam zum Boot herunterkam.

Auf diesen schritt er, nicht wenig erfreut, jetzt einen sichern Dolmetscher zu haben, zu, streckte ihm die Hand entgegen, die Tom nahm, und sagte auf Englisch: »Ein Landsmann etwa? Sollte mich verdammt freuen, den hier zwischen dem Kauderwelsch der Burschen zu finden.«

»Ein halber wenigstens – ein Schotte!«, lachte Tom. »Wie geht's Euch? Freue mich, Euch hier auf Tubuai begrüßen zu können.«

Der Seemann drückte die ihm gebotene und noch nicht wieder losgelassene Hand aus Leibeskräften und sprach freundlich:

»Vortrefflich. Und nun können wir auch unsere Geschäfte gleich und rasch miteinander abmachen, denn der Kapitän brennt vor Ungeduld, wieder in See zu gehen. Wir wollen, wie Ihr Euch wohl denken könnt, ein bisschen von allem, und bringen Euch hier dasselbe – könnt Euch dann aussuchen, was Euch am besten behagt. Holz habt Ihr doch wohl keins gehauen?«

»Wie viel braucht Ihr?«

»Ach, wir brauchten schon viel, denn das letzte ist fast verbrannt. Aber der Alte will nicht bleiben, bis welches geschlagen werden kann.«

»Es stehen sechs Klafter gleich dort hinter der Casuarine aufgeschichtet«, sagte Tom. »Wie heißt Euer Schiff?«

»Sechs Klaftern – das ist famos, da werden wir bald handelseinig darüber werden. – Die *Lucy Evans* heißt das Fahrzeug.«

»Scheint nicht besonders schnell zu sein«, meinte Tom, der sich noch aus früherer Zeit her genug für die Seefahrt interessierte, um an den Schiffen teilzunehmen, mit denen er in Berührung kam. »Es dauerte gestern lange, bis Ihr heraufkamt.«

»Ein Schnellläufer ist's nicht«, lachte der Harpunier. »Aber 's ist auch kein Wunder, denn wir sind schon halb drei Jahre aus, und das Kupfer hängt uns in Lappen und Fetzen vom Rumpf herunter. Übrigens fängt sie ziemlich glücklich. – Apropos«, unterbrach er sich aber. »Ihr seid selber Seemann gewesen und wisst, dass ich die Verantwortung für meine Leute habe. Es ist hier doch keine Gefahr, dass sie davonlaufen können?«

»Wenn sie Bescheid am Strand wüssten, wär's schon möglich«, sagte Tom mit ebenso leiser Stimme, wie die Frage an ihn gestellt war. »Aber so nicht, denn eine Lagune schneidet hier hinten ein, die sie nicht kreuzen würden; und wenn vermisst, wären sie leicht wieder aufzufangen. Habt keine Angst.«

»Desto besser – aus den Augen werd ich sie nicht lassen. Es ist doch eine verwünschte Geschichte mit dem Auskneifen der Halunken. Seit wir ausgefahren, sind uns schon dreizehn Mann davongelaufen.«

»D r e i z e h n   M a n n, das ist viel, da werdet Ihr knapp an Mannschaft sein.«

»Verdammt knapp, obgleich wir ein paar neue von den Sandwich-Inseln dazu genommen haben. Wie wär's hier? Sollten sich nicht ein paar von den Insulanern bewegen lassen, einmal einen Kreuzzug auf Walfische zu versuchen?«

Tom schüttelte lachend den Kopf und sagte:

»Du lieber Gott, das sollte den leichtherzigen und an diesen sonnigen Himmel gewöhnten Burschen wunderlich vorkommen, wenn sie plötzlich zwischen die nordischen Eisberge hinaufgeführt und dort gezwungen würden, Tag und Nacht Tran auszukochen. Sie sind beinahe zu bequem, sich hier im Warmen ihre eigene Brotfrucht zu backen.«

»Oh, das wollten wir ihnen schon angewöhnen!«, erwiderte der Seemann.

»Ja, das glaub ich«, nickte Tom ernst. »Ich möchte ihnen jedoch nicht dazu raten. Aber«, setzte er freundlich hinzu, »macht Euch darüber keine Sorge, Ihr hättet auch schlechte Matrosen an ihnen. Wenn Ihr von hier Tahiti anlauft, glaub ich ziemlich sicher, dass Ihr dort wenigstens Eure Mannschaft vervollständigen könntet. Die Franzosen sollen, wie ich früher einmal gehört habe, ziemlich regelmäßig eine Partie von aufgefangenen armen Teufeln in ihrer Calebouse sitzen haben.«

»Ich glaube, der Alte hat nicht übel Lust dazu«, sagte der Harpunier. »Jetzt aber, vor allen Dingen, zeigt mir erst einmal Euer Holz, und dann seid so gut und lasst von Brotfrüchten, Orangen und Gemüsen, von denen Ihr, wie ich da sehe, einen Vorrat habt, alles zum Verkauf Angebotene dicht zum Boot hinunterschaffen. Ich werde nachher auslegen, was ich an Tauschwaren mitgebracht. In solcher Art kommen wir am schnellsten zu einem Resultat.«

Sich dann an seinen Bootsteuerer wendend, dem er heimlich die Warnung zuflüsterte, während er in das Holz ging, auf die Leute ordentlich Acht zu geben, schritt er mit Tom, der seinen Indianern ebenfalls die gewünschte Anordnung in ihrer Sprache zurief, nach dem gar nicht weit entfernten Holzplatz. Obgleich hier das geschlagene Holz dem Harpunier sehr behagte, konnte er doch keinen festen Handel mit dem Eigentümer abschließen, da er hierzu nicht einmal genug Waren oder Geld mitgebracht, auch keinen fest bestimmten Auftrag vom Kapitän erhalten hatte.

»Wisst Ihr was, Freund«, wandte er sich da an den Schotten. »Fahrt in meinem Boot mit an Bord. Ein paar von Euren Indianern können uns ja in einem ihrer Kanus begleiten, um Euch, falls Ihr nicht handelseinig würdet, wieder mit zurückzunehmen. Ich zweifle aber nicht im mindesten daran, dass der Alte das Holz nimmt und noch außerdem übermäßig froh ist, es nur zu bekommen. Unter uns gesagt, muss er es entweder hier nehmen oder in nächster Zeit noch eine andere Insel anlaufen, wo es ihm dann kaum so leicht gemacht werden würde, es fertig gespalten und nah am Strand zu finden. Wem gehört es – Euch?«

»Nur zum Teil – etwas gehört den Eingeborenen.«

»Gut, für die schließt Ihr ja doch den Handel ab, und nun kommt mit mir zum Strand zurück, dass ich meine Leute wieder unter den Augen habe.«

»Wollt Ihr nicht erst einmal in meine Hütte treten und Euch dort etwas erfrischen?«, fragte ihn Tom. »Sie ist kaum zweihundert Schritt von hier entfernt. Dort liegt schon die Fenz, die sie und meinen Garten umschließt.«

»Dank Euch, dank Euch«, erwiderte der Seemann. »Guckte gern einmal hinein, aber es geht nicht. Der Boden brennt mir hier, wo ich meine Bootsmannschaft nicht übersehen kann, unter den Füßen. Überhaupt müsst Ihr mir versprechen, das Holz, wenn wir es übernehmen, bis zum offenen Strand zu schaffen, wo es die Eingeborenen meinetwegen abwerfen können. Hier in den Wald darf ich meine Leute nicht lassen, die Verführung wäre zu groß, und sie brennten mir, Gott straf mich! durch.«

»Ihr scheint schlechtes Vertrauen zu ihnen zu haben«, lachte Tom. »Ist denn Euer Kapitän solch ein Seeteufel, oder das Leben an Bord so schlecht?«

»Ih nun, der Alte hat wohl ein bisschen von dem, was Ihr Seeteufel nennt, im Leibe, Ihr werdet das wohl schon kennen. Die Kost an Bord ist übrigens vortrefflich, und überarbeitet werden die Leute ebenfalls nicht. Um fünf Uhr ist alle Abend Feierzeit – ausgenommen natürlich, wir haben einen Fisch langseit oder Speck an Bord.«

»Nun, das versteht sich von selbst«, sagte Tom. »Aber da sind wir wieder am Strand und dort auch Eure Leute, Ihr könnt Euch also beruhigen.«

»Gott sei Dank«, murmelte der Seemann, als ob er ganz andere Vermutung gehabt hätte, leise vor sich hin.

Der Handel mit den Früchten begann jetzt, der auch schon von den Matrosen durch einzelne Gebärden und Vorzeigen von Stücken Tabak, Messern, Hemden und anderen Dingen, die sie notdürftiger Weise glaubten entbehren zu können, geführt war. Frisches Gemüse und vielleicht etwas Limonensaft bekamen sie schon vom Schiff, um den Skorbut von ihnen fern zu halten, aber Orangen, Ananas und andere saftreiche Früchte mussten sie sich, wenn sie deren unterwegs haben wollten, selber einlegen.

Tom hatte indessen mit dem Häuptling dieses Distrikts, dem der Harpunier vorher auf sein Anraten einige kleine Geschenke gemacht, den Handel über eine gewisse Quantität von jungen Kokosnüssen, Brotfrüchten und Gemüsen etc. abgeschlossen. Die Eingeborenen waren emsig damit beschäftigt, alles zum Strand hinunterzuschaffen, wo es die Matrosen sogleich in Empfang nahmen und in ihr Boot packten.

Intaha war ebenfalls zum Strand gekommen, um dem Gatten, was sie an zum Verkauf gefertigten Arbeiten bereit hatte, hineinzubringen, und der Bootsteuerer, ein junger Amerikaner, handelte ihr hier schon einen kleinen Teil der Sachen ab. Das Übrige ließ Tom in das Schiff legen, um es dem Kapitän wie den übrigen Offizieren anzubieten.

»Ich will mit dem Vater hinausfahren«, sagte sein kleiner Knabe, als er ihn aufhob und küsste und dann seinem Weib die Hand reichte. »Ich will auch das große Kanu da drüben sehen.«

»Das geht nicht, mein Herz«, beruhigte ihn der Vater. »Da drüben bist du nur im Weg und die Mutter ängstigte sich indes um dich.«

»Lass ihn hier«, bat auch die Frau. »Ich wollte, du gingst ebenfalls nicht mit, Tom. Wenn ich dich mit den fremden Männern in solch einem Boot wegfahren sehe, ist mir's doch immer, als ob du nicht wiederkämst und in deine eigene Heimat zurückgingst – und was sollte Intaha dann mit sich und den Kindern beginnen!«

»Fürchte dich nicht«, lachte der Mann. »Wie viele Schiffe hab ich schon besucht und kenne auch das Leben da draußen viel zu genau, um durch irgendeine Vorspiegelung verlockt zu werden. Ich weiß, was die mir bieten können – was ich hier besitze, und werde kein Tor sein, dich und die kleinen Schelme da im Stich zu lassen. Übrigens fährt dein Bruder Alohi mit uns hinüber, und ich hoffe diesmal Geld genug mitzubringen, um den ganzen Kokosgarten, der hinter unserem Grundstück liegt, vom Häuptling anzukaufen. Nachher werden wir von dem Kokosnussöl reich, was ich jährlich ausschmelzen kann.«

»Kommt an Bord!«, rief die Stimme des Harpuniers, der seinen Platz im Boot schon eingenommen hatte. Tom sprang hinein, Alohi und ein anderer Indianer stiegen in ihr Kanu, das Boot, wie es verabredet worden, zum Schiff hinauszubegleiten, und bald schäumten die kleinen Fahrzeuge durch das Wasser hin, der Einfahrt in den Riffen zu.

Die beiden Indianer taten allerdings ihr möglichstes, mit dem europäischen Boote gleiche Fahrt zu halten, und arbeiteten, dass ihnen die schweren Tropfen von der Stirn liefen. Die langen Riemen der Matrosen waren aber doch kräftiger als die leichten, nur durch den Druck der freigehaltenen Hand geführten Ruder, und noch ehe sie die Riffe erreichten, hatte das Walfischboot schon wenigstens dreihundert Schritt Vorsprung gewonnen. Wie die Indianer endlich einsahen, dass sie mit den Bleichgesichtern nicht Schritt halten konnten, legten sie ganz gelassen ihre Ruder ein, um sich erst einmal ein wenig auszuruhen, drehten sich dann eine Zigarre aus dem frisch eingehandelten Tabak, den sie in den Streifen eines trockenen Bananenblatts geschickt einwickelten, und rieben hierauf mit zwei dazu mitgenommenen Stücken trockenen Guiavenholzes Feuer.

Das Walfischboot hatte schon seine Fracht an Bord gelöscht und wurde eben unter seinen Kränen hinaufgeholt, ehe sie die Ruder wieder ergriffen und ihm langsam nachfuhren. Sie kamen zeitig genug dorthin.

Tom war, als das Boot die *Lucy Evans* erreichte, hinter dem Harpunier her rasch an Bord geklettert. Noch wie sie anruderten, hörten sie die kleine Kompassglocke acht Glasen – zwölf Uhr – schlagen, und als sie an Deck sprangen, stieg der Kapitän gerade nach genommener Observation in die Kajüte hinunter, um seine heute Morgen erhaltene Beobachtung mit der jetzigen zu berechnen und dadurch seinen Chronometer zu kontrollieren. Die *Lucy Evans* war ein trefflich eingerichtetes, aber durch die lange Fahrt und kürzlich genommene Beute, von der die Spuren noch an Deck zu sehen waren, ziemlich arg zugerichtetes Schiff. Auch die Mannschaft, die herbeisprang, um die lang ersehnten Früchte und frischen Gemüse in Empfang zu nehmen und zum großen Teil in die Vorratskammern hinunterzuschaffen, Ananas und Bananen aber an Deck aufzuhängen, hatte ein verwildertes, liederliches Aussehen.

Die Leute, die jahraus und -ein mit schmutzigem Speck und Tran umgehen, sind nur zu leicht geneigt, auf ihren Körper nicht die da gerade doppelt nötige Sorgfalt zu verwenden, und auch hier hatte der Kapitän soviel Ärger mit dem Volk gehabt, dass er es endlich aufgab, sie zu dem zu machen, zu dem er sie im Anfang heranzuziehen gehofft – zu ordentlichen Matrosen. Nur wenn ihm einmal einer gerade zur unrechten Zeit unter den Wind lief, kanzelte er ihn tüchtig ab und machte seinem Herzen für kurze Zeit in einer gerade nicht gewählten Zahl von Flüchen und Verwünschungen Luft.

»Ihr scheint wirklich ziemlich knapp an Mannschaft zu sein«, sagte Tom endlich, der sich das Deck eine Zeit lang schweigend betrachtet hatte, zum Harpunier. »Wenn sie das nämlich alle sind, die ich hier an Deck sehe, und ich glaube doch kaum, dass sich bei der Ankunft von solch frischem Gut viel unten gehalten.«

»Ihr habt Recht«, sagte der Harpunier mürrisch. »Das ist die ganze Bande, und ein nichtswürdigeres Gemengsel von Schneidern, Schustern und verlaufenen Handwerksburschen ist wohl noch nie an Bord eines ordentlichen Seeschiffes zusammen gefunden worden. Mit Müh und Not haben wir ihnen in den letzten zwei Jahren wenigstens das Rudern beigebracht; ein volles Jahr hat es aber gedauert, ehe sie nur zusammen anzogen. Es war ein ordentlicher Skandal, und wenn wir oben in der Beringstraße in der Nähe eines andern Schiffes lagen, schämten wir uns wahrhaftig ein Boot auszuschicken, und haben dadurch mehrere Fische verloren. Was das Takelwerk betrifft, können die Kerle noch jetzt kaum einen Reefknoten schlagen.«

»Zum Auskochen sind sie gut«, lachte Tom. »Wenn nur die Offiziere ihre Sache verstehen.«

»Offiziere? Ja, Harpuniere und Bootsteuerer haben wir vollzählig – einen Bootsteuerer noch ausgenommen, der unten krank liegt – aber keinen einzigen Zimmermann und keinen Schmied, und der erste Böttcher ist uns ebenfalls auf Hawaii davongelaufen. Es ruht ein wahrer Fluch auf dem alten Kasten, und wenn uns noch ein paar Boote ernstlich beschädigt werden, müssen wir wahrhaftig irgendeine amerikanische Küste anlaufen. Aber da kommt auch Euer Kanu heran – die Burschen nehmen sich Zeit. – Ist doch ein faules Volk, diese Indianer!«

»Lieber Gott, wer kann's ihnen verdenken?«, lachte Tom. »Die Natur gibt ihnen alles, was sie brauchen, mit vollen Händen, ohne dass sie nötig hätten, sich dabei zu rühren. Übrigens sind sie lebendig genug, wo sie wirklich etwas interessiert, und ich glaube auch größerer Leidenschaft und Regsamkeit fähig, wenn sich ihnen irgendeine notwendige Gelegenheit dazu bieten sollte. Solange die ausbleibt, lassen sie sich eben gehen. – Aber kommt da nicht Euer Kapitän? Wie heißt er?«

»Rogers. – Ihr werdet Euer Kanu wohl nicht brauchen, denn ich bin überzeugt, er schickt die Boote gleich wieder hinüber, um das Holz abzuholen.«

»Rogers?«, rief Tom. »Ich glaube wahrhaftig, das ist ein alter Bekannter. Welches Schiff hatte er früher?«, setzte er rasch hinzu, ohne den Blick von dem jetzt eben an Deck kommenden Kapitän zu wenden.

»Den *Bonnie Scotchman*, wenn ich nicht irre«, lautete die Antwort.

»Alle Teufel!«, murmelte Tom halblaut vor sich hin und warf wie unwillkürlich den Blick nach dem eben anlegenden Kanu hinunter. Der Harpunier war indessen auf den Kapitän zugegangen, um ihm sowohl Bericht von dem abgeschlossenen Handel mit Früchten und Gemüsen abzustatten, als auch von dem Holz zu sagen, das fertig geschlagen und ausgetrocknet drüben am Strande liege und eben nur an Bord geholt zu werden brauche.

»Das ist vortrefflich, Mr. Hobart«, sagte der Kapitän rasch. »Besser können wir es uns gar nicht wünschen – und der Preis?«

»Ist auch mäßig – es wohnt ein Weißer drüben zwischen den Rothäuten, der die ganze Sache zu leiten scheint, und den ich deshalb gleich mit herübergebracht habe, damit Sie den Kauf selber mit ihm abschließen können. Da drüben steht der Mann.«

»Desto besser, desto besser! Spricht er Englisch?«

»Es ist ein Schotte.«

»Oh, vortrefflich! Ah, guten Tag, Mister – Pest noch einmal – das Gesicht kommt mir verdammt bekannt vor!«

»Wie geht's, Kapitän Rogers?«, fragte Tom, der rasch gefasst, aber doch leicht errötend und etwas verlegen lächelnd auf ihn zuging. Er reichte ihm dabei die Hand, die jener langsam nahm, ihm jedoch immer aufmerksamer ins Auge sah. »Sie kennen mich wohl kaum noch, wie? – Ja, ich bin braun geworden in den langen Jahren und unter der heißen Sonne hier.«

»Waret Ihr nicht auf dem *Bonnie Scotchman?*«

»Allerdings.«

»Zimmermann?« Tom nickte. »Und lieft mir auf Hapai davon?«

Tom wurde blutrot im Gesicht, aber ein gutmütiges und doch halb verschmitztes Lächeln durchzuckte dabei seine Züge, als er erwiderte:

»Und Sie hätten mich beinah wieder erwischt, denn die nach mir ausgeschickten Eingeborenen waren mir ein paar Mal dicht auf den Fersen. Fünfzehn Stunden habe ich einmal bei einem furchtbaren Regenguss in dem Wipfel einer Palme zugebracht.«

»Vier Tage bin ich Euch zur Liebe damals an der verdammten Insel liegen geblieben und habe indessen nicht allein den Fang versäumt, sondern mich auch nachher die ganze übrige Reise mit dem Esel an zweitem Zimmermann behelfen müssen.«

»Es war vielleicht nicht recht damals, Kapitän Rogers«, gestand Tom ehrlich ein. »Aber das Land lachte gar zu verlockend herüber, und Sie wissen selbst, was für ein grober, ungerechter Mensch Ihr damaliger erster Harpunier war. Er brachte uns fast alle zur Verzweiflung und trieb die meisten vom Schiff, wo sich ihnen nur die geringste Gelegenheit dazu bot.«

»Das ist keine Entschuldigung, Mr. – wie war doch Euer Name gleich?«

»Tom Burton.«

»Ach ja – Mr. Burton, das ist gar keine Entschuldigung. Ihr hattet Euch mir und dem Reeder für die ganze Fahrt verpflichtet und waret nicht allein uns, sondern auch Euren Kameraden schuldig, dass Ihr bliebt. Ihr wisst recht gut, dass auf einem Walfischfänger die ganze Mannschaft gemeinsamen Anteil an dem Fang hat, den Fang aber nicht betreiben kann, wenn ihr die wichtigsten Handwerker dazu, Zimmermann und Böttcher, an Bord fehlen. Da wir alle an Bord umsonst herumfahren würden, wenn die Boote nicht hinausgingen und an Fische festkämen, so ist das Instandhalten eben dieser Boote auch eine der wichtigsten Sachen an Bord eines Walfischfängers, und deshalb gerade werden die Zimmerleute engagiert und verpflichtet. Sobald sie ihren Kontrakt brechen, gefährden sie den Fang des ganzen Schiffs und ziehen nicht allein dem Reeder, der das Schiff ausgerüstet hat, ungeheure Verluste zu, sondern schneiden auch der ganzen übrigen Mannschaft, vom Kapitän hinunter bis zum Schiffsjungen, die Möglichkeit eines Verdienstes ab. Und zum Spaß treiben wir uns doch wahrhaftig auch nicht drei und vier Jahre halb zwischen Eisschollen, bald unter einer solchen Sonne umher, und lassen Weib und Kind indes zu Hause.«

»Sie haben vollkommen Recht, Kapitän«, sagte Tom, der jetzt ganz ernst und eher etwas blass geworden war. »Hier und da liegt aber auch der Fehler wohl mit an den Offizieren, die ihre Macht zu sehr missbrauchen. Ich weiß allerdings, dass an Bord eines solchen Fahrzeugs ebenso gut wie an Bord eines Kriegsschiffes unbedingte Subordination herrschen muss, wenn nicht Schiff und Mannschaft darüber zu Grunde gehen sollen. Aber die Herren – und Ihr früherer erster Harpunier war ein solcher, Kapitän Rogers – glauben manchmal, dass sie mit ihren Untergebenen eben nach Willkür machen können, was sie wollen – widersetzen darf sich ihnen ja doch niemand –, und missbrauchen dann die ihnen erteilte Würde ebenso zum Schaden des Schiffs, wie es der Untergebene tut, der sich solcher ihm lästig oder unerträglich werdenden Herrschaft durch die Flucht entzieht.«

»Mr. Williams war einer der tüchtigsten Offiziere, die es geben kann, und ein ausgezeichneter Walfischfänger.«

»Ich will ihn nicht anklagen, um mich zu verteidigen, Kapitän Rogers«, entgegnete Tom freundlich. »Junge Leute, wie Sie recht gut wissen, sind oft leichtsinnig, und ich war damals noch ein ganz junger, unerfahrener Mensch. Jetzt bin ich vernünftiger und denke anders, vernünftiger darüber.«

»Es ist mir lieb, das zu hören«, erwiderte der Kapitän. »Noch dazu, da es selbst jetzt nicht zu spät ist, um das Geschehene wieder gutzumachen.«

»Durch Holz wenigstens«, lächelte Tom. »Um Ihnen das Auskochen an Bord zu erleichtern. Sie scheinen schon eine hübsche Ladung Tran genommen zu haben?«

»Es geht an«, sagte der Kapitän, immer noch zurückhaltend, und fuhr dann in dem früheren Thema fort: »So ist es auch diesmal mit den Leuten, und trotzdem dass wir ganz vorzügliche und ruhige Offiziere an Bord haben – welchem Umstand Ihr großen Einfluss auf die Mannschaft zuschreibt – haben eine große Anzahl, und unter ihnen sogar beide Zimmerleute und der erste Böttcher, heimlich und widerrechtlich das Schiff verlassen und uns in die peinlichste Verlegenheit gebracht.«

»Hm, das ist allerdings fatal.«

»Desto mehr«, sprach der Kapitän ruhig, »freue ich mich, dass uns der Zufall zu so günstiger Zeit wieder zusammengeführt hat. Ihr hättet zu keiner gelegeneren Stunde an Bord zurückkommen können.«

»Nur mit dem Unterschied«, lächelte Tom, der aber doch fühlte, dass ihm das Herz dabei stockte, denn er ahnte, was der Kapitän mit den Worten meinte, »dass ich nicht an Bord gekommen bin, um wieder zu fahren, sondern Ihnen nur mein Holz am Strand zu verkaufen.«

»In welcher Absicht bleibt sich ziemlich gleich«, erwiderte der Kapitän mit einem leichten, aber nichts Gutes weissagenden Lächeln um die zusammengepressten Lippen. »Ich will übrigens das Geschehene vergessen sein lassen und Euch die damals versäumten Tage bei dem, was wir künftig fangen, nicht in Anrechnung bringen. Euer früherer Anteil hat auch schon zum Teil dafür bezahlt.«

»Künftig fangen, Kapitän?«, sagte Tom, der sich gewaltsam zwang, ruhig zu bleiben. »Ich glaube nicht, dass ich je wieder auf den Walfischfang ausgehe. Ich bin älter seit der Zeit geworden und ruhiger, und habe mir außerdem auch noch eine der Töchter dieses Landes zur Frau genommen. Dort unter den Palmen steht meine eigene Heimat, lebt meine Familie, und die darf ich schon nicht mehr verlassen, wenn ich selber wollte.«

»Familie? Bah!«, meinte der Kapitän. »Hab ich etwa keine Familie zu Hause? Das ist das Schicksal der Seeleute, dass sie die jahrelang entbehren müssen. Desto besser gefällt es ihnen aber auch dafür, wenn sie wieder nach Hause kommen.«

»Mag sein – die Ansichten sind verschieden«, brach Tom das Gespräch, das ihm peinlich zu werden begann, kurz ab. »Jetzt, Kapitän, möcht ich Sie bitten zu bestimmen, was und wie viel Sie von dem Holze brauchen – und hier«, setzte er lächelnd hinzu, »hab ich auch noch einige Kleinigkeiten mitgebracht, die meine Frau gearbeitet, und von denen sich die Offiziere vielleicht einiges mit nach

Hause nehmen. Das Körbchen hier, Kapitän Rogers, möchte ich Sie bitten, zum Andenken an mich zu behalten.«

Der Kapitän zögerte, es zu nehmen, stellte es aber dann neben sich auf das Gangspill und sagte:

»Wir wollen das nachher zusammen abmachen. – Wie viel Holz habt Ihr drüben?«

»Sechs Klafter.«

»Und der Preis?«

»Ich bin beauftragt, Handelsartikel dafür einzutauschen.«

»Gut. Mr. Hobart«, sagte der Kapitän zu dem jetzt näher tretenden Offizier, »das Holz wäre mir allerdings erwünscht, wenn ich es an Bord hätte, aber – wir wollen uns nicht so lange damit aufhalten. Nehmen Sie Ihr Boot und das des zweiten Harpuniers und fahren Sie damit an Land. Die Leute mögen da einladen, was sie herüberschaffen können. Wir sehen dann, wie viel es beträgt, und können Mr. Burton den gewünschten Preis dafür auszahlen.«

»Es ist mir dann lieber, dass ich mit hinüberfahre«, sprach Tom ruhig. »Denn wenn Sie so wenig nehmen, wünschte ich gern, dass Sie das Trockenste bekämen.«

»Das wird sich Mr. Hobart schon aussuchen.«

Die Boote waren im Augenblick niedergelassen, die dazu bestimmte Mannschaft sprang hinein, und nur der erste Harpunier zögerte noch. Er war zum Kapitän hingegangen und sagte leise:

»Lieber wär es mir, der Schotte führ mit hinüber – ich verstehe die Sprache der Leute nicht.«

»Sie müssen schon sehen, wie Sie durchkommen«, entgegnete ihm ebenso leise der Kapitän. »Der Schotte bleibt an Bord – setzen Sie den dritten Harpunier, Mr. Elgers, davon in Kenntnis.«

Der Harpunier erwiderte nichts darauf, aber der überraschte Blick desselben, der fast unwillkürlich nach dem Schotten hinüberflog, wurde von diesem ebenso schnell aufgefasst und verstanden, und wie mit einem Messer stach dem armen Teufel das Bewusstsein der Gefahr ins Herz, der er sich hier plötzlich ganz freiwillig preisgegeben. – Aber der Kapitän durfte doch auch nicht wagen, jetzt noch, nach so langen Jahren Gewalt gegen ihn zu brauchen. – Und wenn er es doch tat? Wer hier auf der weiten See sollte ihn daran verhindern oder sich des Schutzlosen annehmen?

Misstrauisch überlief sein Blick das Deck, aber er hütete sich wohl, die mindeste Furcht zu zeigen. Dabei konnte es ihm jedoch nicht entgehen, dass der erste Harpunier, ehe er in das Boot stieg, rasch ein paar Worte mit dem dritten Harpunier wechselte, und dieser warf ebenfalls einen überraschten, flüchtigen Blick nach ihm hinüber. Er wusste jetzt, er war ein Gefangener – aber was jetzt tun? An Flucht mit dem Kanu war nicht zu denken – er hatte vorher schon gesehen, wie viel rascher die Seeleute mit dem schwer mit Früchten beladenen Walfischboot gefahren waren; das leichte leere Boot hätte sie eingeholt, ehe sie zwei Schiffslängen entfernt gewesen wären. Gewaltsame Befreiung? An dieser Seite der Insel lagen nur drei Kanus, und was hätten die unbewaffneten Indianer, selbst wenn sie sich seinethalben hätten schlagen wollen, gegen die Mannschaft eines Walfischfängers ausrichten können? – Die einzige Möglichkeit blieb, die Eingeborenen zu veranlassen, die Mannschaft der beiden Boote, oder wenigstens nur die Offiziere, gewissermaßen als Geiseln zurückzuhalten, bis er selber ausgeliefert wäre; aber dann musste er das Kanu jetzt fort und ans Land schicken.

Der Kapitän hatte ebenfalls hinten am Steuer mit dem dritten Harpunier gesprochen und stieg jetzt in seine Kajüte nieder, den früheren Ausreißer scheinbar sich selbst überlassend und vollkommen frei. Tom kannte aber viel zu gut die strenge Subordination eines Walfischfängers, wo besonders der Ruf zu den Booten im Nu ausgeführt wurde. Die einzige Möglichkeit einer Rettung blieb in der Tat noch das Festnehmen der Offiziere am Ufer, und als Tom das erst einmal erkannt, beschloss er auch, es so rasch wie möglich auszuführen.

Alohi lehnte, seine Zigarre rauchend und mit keiner Ahnung der Gefahr, die dem Gatten seiner Schwester drohte, an Bord und betrachtete sich mit besonderer Aufmerksamkeit das künstliche, durcheinander schießende Tauwerk des Schiffes, welches ihm jedenfalls das größte Interesse bot. Tom näherte sich ihm und sagte mit gedämpfter, aber nichtsdestoweniger ängstlich gepresster Stimme.

»Alohi – die weißen Männer wollen Tomo an Bord behalten.«

»Ati!«, rief Alohi erstaunt.

»Ruhig! Lass niemand merken, dass ich dir ein Wort davon gesagt, aber wenn du von mir den Befehl erhältst an Land zu rudern, so tue das, so rasch ihr das Kanu vorwärts treiben könnt. Versichert euch dort augenblicklich des Mannes, der heute Morgen die Matrosen hinüberbrachte, schafft ihn ins Innere und gebt ihn nicht heraus, bis ich wieder an Land und in eurer Mitte bin.«

»Matoi!«, sagte der junge Bursche, dessen Augen in dem willkommenen Auftrag leuchteten. »soll ich jetzt gehen?«

Tom warf einen Blick nach der Schanze zurück. Der dritte Harpunier lehnte über Bord und schien gar nicht auf ihn zu achten – wenn nun sein Verdacht ungegründet war? – Aber er gab sich dieser Täuschung nicht lange hin, denn er kannte seine Leute.

»Ich werde zu dem Mann dort hinten gehen und mit ihm sprechen«, sagte er jetzt wieder. »Sobald er nicht mehr über Bord sieht«, stößt du ab und ruderst langsam hinüber. Erst wenn ihr den Eingang der Riffe erreicht habt – denn mit dem Vorsprung können sie euch nicht wieder einholen –, mache dein Kanu über das Wasser fliegen.«

»Aber warum fährst du nicht lieber gleich mit?«, fragte der Indianer erstaunt. »Es hält dich niemand.«

»Jetzt nicht – aber der Befehl ist schon gegeben, mich nicht von Bord zu lassen. Dass ihr glücklich an Land kommt, ist die einzige Möglichkeit, mich noch zu retten.«

Der Indianer erwiderte weiter kein Wort, und Tom wandte sich ebenfalls langsam von ihm ab und schritt dem hintern Deck zu, auf dem der Harpunier noch immer über Bord lehnte.

»Seid Ihr recht glücklich gewesen, Sir, auf Eurer letzten Fahrt?«, knüpfte hier Tom ein Gespräch mit ihm an. »Das Schiff muss schon eine hübsche Ladung einhaben, es liegt ziemlich tief im Wasser.«

»Es geht an«, antwortete ihm der Harpunier, indem er sich zu dem Frager umdrehte. »Wir haben schon etwas über 3000 Tonnen Tran ein, und etwa 50 000 Pfund Barten. Wenn sich's nur halbwegs macht, können wir in der nächsten Jahreszeit voll werden. – Es ist auch Zeit«, setzte er dann mürrisch hinzu. »Wir treiben uns nun schon fast drei Jahre hier draußen herum.«

»Das ist recht lange«, sagte Tom, mit dem Kopf nickend. »Da wird mancher an Bord das Heimweh bekommen haben. Ich weiß nicht – wenn man erst einmal eine Zeit lang an Land ist –«

»Sagt einmal den Leuten dort in dem Kanu, dass sie nicht abstoßen«, unterbrach ihn da der Harpunier, indem er den Blick wieder über Bord warf. »Der Kapitän hat befohlen, dass sie warten, bis die Holzboote zurück sind.«

»Das Kanu? Der Kapitän hat, soviel ich weiß, dem wohl nichts zu befehlen«, erwiderte Tom, dem das Blut ins Gesicht schoss.

»An Bord, wisst Ihr, Kamerad, hat ein Kapitän wohl so ziemlich über alles zu befehlen«, erwiderte der Harpunier ruhig. »Bitte, ruft die Leute zurück – Ihr wisst recht gut, dass sie das Walfischboot in ein paar Minuten wieder einholen würde. Was sollen sie an Land?«

»Sie wollen, soviel ich weiß, noch mehr Früchte holen.«

»Das ist unnütz, die Boote bringen schon alles mit, was wir noch etwa brauchen könnten. Seid vernünftig, Freund, und ruft sie zurück! – Dritte Bootsmannschaft, steht bei eurem Boot!«, rief er zugleich mit lauter, aber vollkommen ruhiger Stimme über Deck, und die Leute, mit dem Bootsteuerer an der Spitze, standen wenige Minuten später an den Fallen, an denen das kleine Fahrzeug unter seinen Kränen hing. – Es bedurfte nur noch eines Wortes oder Zeichens, und es glitt auf das Wasser nieder.

Tom sah ein, dass ihm dieser Ausweg abgeschnitten sei, aber er wollte es noch nicht zum Äußersten kommen lassen.

»Alohi!«, rief er mit einem eigentümlichen schrillen Ruf über das Wasser hinüber, dem kaum hundert Schritt entfernten Kanu nach. Die Indianer, die darin ruderten, drehten den Kopf nach ihm um. – »Kommt an Bord zurück!« Die Eingeborenen ließen die Ruder im Wasser, zögerten aber noch, dem Befehl Folge zu leisten.

»Kommt zurück!«, rief Tom noch einmal. »Aber legt nicht an Bord an, sondern haltet euch nur dicht neben dem Schiff.«

Er hatte einen neuen Plan gefasst, so verzweifelt dessen Ausführung ihm auch selber schien. Die Indianer gehorchten jetzt, und der Harpunier, die Bootsmannschaft wieder an ihre Arbeit schickend, lehnte sich wie vorher nachlässig an die Schanzkleidung des Schiffs.

»Ihr werdet begreiflich finden, Sir«, sagte der Schotte endlich, der entschlossen war zu wissen, wie er mit dem Schiffe stand, »dass ich nicht recht einsehe, weshalb Ihr das Kanu verhindern wollt, zu gehen wohin es ihm beliebt.«

»Und wollt Ihr denn nicht wieder mit dem Kanu zurückfahren?«, lächelte der Seemann.

»Allerdings will ich das.«

»Nun gut, dann dürfen wir es doch nicht von Bord lassen. Glaubt Ihr, dass Euch der Kapitän in einem seiner Boote an Land fahren ließe?«

»Ihr weicht mir nicht aus, Sir – welcher Befehl ist Euch über mich gegeben?«

»Welcher Befehl? – Keiner als der, Euch und die Indianer nicht vom Bord zu lassen, bis Ihr das Geld für das Holz in Empfang genommen habt.«

Tom fühlte den Hohn in den Worten, wusste, dass es Lügen waren, und der kalte Angstschweiß trat ihm bei dem Bewusstsein der Gefahr, in der er sich jetzt befand, auf die Stirn. Er biss die Unterlippe zwischen die Zähne und wandte sich, die Arme fest verschränkend, von dem Harpunier ab, dass dieser seine aufsteigende Bewegung nicht bemerken sollte. Nur eine Hoffnung, nur eine Aussicht zur Flucht blieb ihm noch. Wenn es ihm gelang, das eine noch unter den Kränen hängende Walfischboot leck zu machen, dass sie ihm nicht mit dem folgen konnten, durfte er hoffen, mit dem Kanu zu entkommen. Die anderen beiden Boote hatten das Land schon erreicht, und kurze Zeit reichte hin, sie mit Holz zu füllen. Dann waren sie aber auch zu schwerfällig, um eine Jagd unternehmen zu können, und außerdem wusste er eine andere Einfahrt in die Riffe, die, in sich selbst geschlossen, aus dem dortigen Binnenwasser nicht einmal erreicht werden konnte.

Hier galt es jetzt das Äußerste zu wagen; der Feind durfte aber auch keinen Verdacht fassen, sein Plan wäre ihm sonst gleich von vornherein vereitelt worden. Langsam ging er deshalb wieder mehr nach vorn, von wo er seinem Schwager die nächsten Verhaltensregeln zurufen und ihn von dem, was er beabsichtigte, in Kenntnis setzen konnte. Die Einfahrt in die Riffe, aus der sie herausgekommen, war etwa der halbe Weg zwischen dem Land und dem Schiff, und allerdings musste er dort ziemlich nahe vorbei. In den Booten konnten sich aber die Leute, wenn sie Holz geladen hatten, nicht so gut bewegen; nur deshalb die Einfahrt passiert, und er brauchte kaum zu fürchten, dass er noch eingeholt werde. Außerdem lag noch ein Ruder im Kanu, und drei, wenn es galt, konnten das leichte kleine Fahrzeug auch wohl rascher vorwärts treiben, als es vorhin geschehen war.

Das Herz schlug ihm, als ob es die Brust zerschmettern wolle, aber er biss die Zähne fest zusammen, und wieder zum Schanzdeck zurückschreitend, ging er dort, als ob er jetzt gesonnen wäre, die Rückkunft der Boote ruhig abzuwarten, langsam auf und ab.

Der Harpunier hatte sich indessen ebenfalls aus seiner lehnenden Stellung aufgerichtet und war zu Backbord, wo das Boot unter den Kränen hing, auf und ab gegangen. Ein Blick, den er über Bord warf, überzeugte ihn, dass die Indianer ruhig in ihrem Kanu saßen und nur langsam mit der Strömung zurücktrieben. Das Schiff hatte seine großen Segel auf, die Brise war aber so schwach, dass sie eben die Strömung der Flut stemmten und sich etwa auf einer Stelle hielten.

Der Wind hatte ein klein wenig aufgeräumt, und es war nötig geworden die Brassen zu Starbord etwas anzuziehen – der Harpunier ging dort hinüber und rief die Mannschaften. – Das war der entscheidende Moment. – Tom stand dicht neben dem Walfischboot – mit einem Satz war er auf der Schanzkleidung, hatte das in jedem unter den Kränen hängenden Boot vorn befestigte Handbeil ergriffen und herausgerissen, und ein einziger Schlag an das scharf angespannte Tau oder Fall, das es auf dieser Seite hielt, machte, dass es, während es hinten noch gehalten wurde, vorn herunter und gegen den Schiffsbord anschlug.

»Hierher – Alle! – Hilfe! Hierher!«, schrie der Harpunier und sprang selber, eine Handspeiche aufgreifend, auf den kecken Schotten zu – aber er kam zu spät. Mit einem Satz die Schanzkleidung entlang war Tom am andern Kran, ein Schlag seines haarscharfen Tomahawks traf in die dünnen Planken des so schon durch den Sturz arg beschädigten Bootes, und das Beil war so tief hineingefahren, dass er es nicht einmal mit demselben Ruck wieder herausbekommen konnte. Daran lag ihm aber auch nichts; in der Verteidigung suchte er seine Rettung nicht, nur in der Flucht. Mit weitem Sprung deshalb von der Schanzkleidung nieder über Bord, sank er im nächsten Moment schon in die blaue, über ihm zusammenschlagende Flut, kaum zwanzig Schritt von dem Kanu hinein, das jetzt mit Blitzesschnelle nach ihm hinüberhielt.

Wilde Flüche und Verwünschungen schallten hinter ihm drein von Bord. Während der Kapitän aber an Deck sprang und die Bootsmannschaft nach dem zertrümmerten Boote flog, um es so rasch wie möglich wieder aufzuholen und in Stand zu setzen, zog der dritte Harpunier – der recht gut einsah, wie klug der Flüchtling seine Lage überschaut und seine Aussicht berechnet hatte – die unter die Gaffel niedergeholte Flagge auf. Dadurch gab er ein Zeichen, und der erste Harpunier wusste, was das bedeutete.

Tom war indessen rasch wieder nach oben gekommen, und ehe nur die Mannschaft an Bord einen Entschluss fassen oder etwas mit dem misshandelten Boot anfangen konnte, erreichte er die Spitze des Kanus und schwang sich mit Alohis Hilfe hinein. Sein erster Blick aber war nach dem Schiff zurück, an dessen Gaffel eben die englische Flagge emporstieg – sein erster Griff nach dem neben ihm liegenden Ruder, das er rasch erfasste und brauchte, und die drei Männer wussten jetzt, dass ihre glückliche Flucht allein in der Kraft ihrer Arme lag.

»Halt dort!«, schrie der Kapitän, der sich das schon sicher geglaubte Opfer in so kecker Weise unter den Händen fort wieder entzogen sah. »Halt, oder ich schieße euch über den Haufen!« Seine Drohung war aber machtlos. Er hatte nicht einmal ein Gewehr zur Hand, und nur eine von dem Bootsteuerer mit nach hinten gebrachte Harpune aufgreifend, schleuderte er sie in blinder Wut hinter dem schon wenigstens hundert Schritt entfernten Kanu her. Sie durchflog nicht die halbe Entfernung und verschwand zischend unter der Oberfläche.

Vorn am Bug des Kanus aber schäumte die klare Flut, und das schlanke leichte Fahrzeug hätte, von den kräftigen Rudern getrieben, wie ein Pfeil über die See dahinfliegen müssen, wäre ihnen bei der raschen Fahrt der so genannte Luvbaum nicht im Weg gewesen.

Die Kanus der Eingeborenen, die aus einem ausgehauenen Baumstamm bestehen, würden nämlich auf offener See und bei dem geringsten Wellenschlag, der sie seitwärts träfe, dem Umschlagen leicht ausgesetzt sein. Das zu verhindern, befestigen sie auf einer Seite, mit über dem Kanu angeschnürten Querhölzern, ein Stück sehr leichtes Holz, etwa acht bis zehn Fuß lang, das, vielleicht vier Fuß vom Kanu entfernt, neben ihm auf dem Wasser schwimmt. Dieses hält dasselbe allerdings so vortrefflich im Gleichgewicht, dass es selbst ziemlich schweren Wogen Trotz bieten kann, hemmt es aber auch natürlich in seinem Lauf. Auf übergroße Schnelle kommt es freilich den Indianern selten an, sie wollen nur sicher und bequem fahren, und diesen Zweck erreichen sie dadurch vollkommen.

Toms kühner Angriff auf seinen gefährlichsten Feind an Bord – das Walfischboot – war übrigens so vollkommen geglückt, dass er von dort aus nicht das mindeste zu fürchten hatte – das Zeichen ausgenommen. Das Boot war für die nächste Zeit vollkommen unbrauchbar, denn es hatte sich, außer dem Schlag, den er mit dem Tomahawk hineingeführt, durch den Sturz auch noch eine der Planken losgerissen. Aber die Flagge! Er wusste recht gut, dass die Leute an Land stets ein aufmerksames Auge auf das Schiff leisteten – – Doch hoffentlich hatten sie sich schon mit ihrer Holzladung beeilt und mochten auch gewiss nicht ganz leer zurückkehren. Keineswegs konnten sie wissen, was hier vorgegangen, und die aufgezogene Flagge war ihnen höchstens nur ein Zeichen zu rascher Rückkehr. Das Innere der Bai ließ sich vom Kanu aus allerdings nicht eher übersehen, bis sie die Einfahrt passierten, da die Brandungswellen der Riffe wie eine Mauer dazwischen lagen. Hatten sie die aber erst einmal erreicht, dann wurde ihnen auch die jetzt entgegenkommende Strömung günstig.

Kein Wort wechselten indessen die drei Männer miteinander, und selbst die sonst lässigen Indianer legten sich mit aller Kraft ihrer Sehnen in die Ruder. Jetzt waren sie in einer Höhe mit der Einfahrt – noch eine Bootslänge, und sie mussten den Landungsplatz ihrer Hütten erkennen können – lagen die Boote noch dort, so waren sie gerettet.

»Da kommen sie!«, rief Alohi und deutete mit dem Ruder hinüber. – »Vorwärts!«, lautete der zwischen den zusammengebissenen Zähnen durchgegebene Befehl des Schotten, und in demselben Augenblick verhüllte auch die nächste Brandungswelle der Einfahrt wieder die weitere Aussicht.

Die beiden Walfischboote hatten während der zuletzt beschriebenen Vorgänge das Land erreicht, und der Harpunier, den der Kapitän mit wenigen Worten davon in Kenntnis gesetzt, dass er nicht gesonnen sei seinen ihm früher entlaufenen Zimmermann wieder freizulassen, war beauftragt worden, nur wenigstens etwas des sehr notwendig gebrauchten Holzes an Bord zu nehmen und so rasch wie irgend möglich zurückzukommen. Natürlich durften die Eingeborenen nicht erfahren, was sie beabsichtigten. Denn so gern sie sonst entlaufene Matrosen auslieferten, hätten sie die Wegführung eines jetzt vollkommen zu ihnen gehörenden Weißen doch am Ende nicht gutwillig zugegeben.

Der Kapitän hatte dabei geglaubt, den Schotten ohne die geringste Schwierigkeit an Bord halten zu können; im Guten natürlich so lange wie möglich, sobald das aber nicht mehr anging, mit Gewalt. Einem voll bemannten Walfischboot hätte er sich ja doch nicht, selbst wenn er die Flucht im Kanu wagte, widersetzen können. Dabei war es ihm fatal, dem solcherart überlisteten Opfer lange Rede und Antwort zu stehen – er wusste, er hatte gesetzlich kein Recht, ihn zu halten, denn auf dies Schiff hatte er sich nie verdungen, und er schämte sich vielleicht der Gewalt dem Schwächeren gegenüber. Der wachthabende Harpunier bekam jedoch strenge

Order, ihn gleich durch Aufstampfen an Deck heraufzurufen, sobald der Schotte sich ernstlich widersetzen sollte. In der Ausübung seiner Gewalt an Bord konnte er dann auch jedes unangenehmen Gefühls leichter Herr werden. Dass der Zimmermann auf solche Art seine Flucht versuchen könne, war ihm nicht eingefallen.

Mr. Hobart stand indes am Strand und trieb die Eingeborenen zur Eile an, das Holz herbeizuschaffen. Das ging nur nicht so rasch, denn erstlich war er ihrer Sprache nicht mächtig, und dann haben diese Leute auch wirklich gar keinen Begriff von Zeit, und kennen deshalb auch keine Eile. Was bei ihnen heut nicht fertig wird, bleibt eben auf morgen liegen, das ist der ganze Unterschied, und der morgende ein ebenso guter Tag dafür. Dass die fremden Boote übrigens anders dachten, war ihnen schon von früher her bekannt – die machten immer, dass sie nur so rasch wie möglich wieder fortkamen. Daher, und weil Tomo sich ja auch noch draußen an Bord befand und alles Übrige schon abmachen würde, verstanden sie sich endlich dazu, das Holz aus dem Schatten der Waldung heraus bis auf den Sand zu werfen. Während einige dreißig Mann, von allen Frauen und Mädchen begleitet, die sich um sie her lagerten und ihnen zuschauten, lachend und miteinander schwatzend an die Arbeit gingen, bildete der Harpunier aus seinen Leuten, mit einem andern Teil der Eingeborenen, zwei Ketten, um sich die Scheite einander bis an die Boote zuzuwerfen. Die Bootssteuerer legten es dort so ein, dass es später den Rudernden nicht im Weg sein sollte.

Scheit nach Scheit folgte solcher Art ziemlich rasch einander und wurde in beiden Booten zugleich untergebracht. Noch waren dieselben aber nicht zur Hälfte gefüllt, als der zweite Harpunier, der die eine Kette unter seiner Aufsicht hatte, die wehende Flagge an Bord bemerkte und seinen Vorgesetzten darauf aufmerksam machte.

»Alle Teufel!«, rief dieser. »Da ist etwas vorgefallen! In eure Boote, Leute – rasch – wir müssen erst sehen, was es ist – in eure Boote sag ich!«

»Und das Holz?«, fragte der zweite Harpunier.

»Mögen die Faulenzer indessen zum Strand schaffen«, rief der erste. »Das bisschen Bewegung wird ihnen überhaupt ganz heilsam sein.«

Während die Leute, dem Befehl gehorsam, auf ihre Plätze sprangen, sahen die Eingeborenen ganz erstaunt die so plötzlich aufgegebene Arbeit an. Dass ihnen der Harpunier dabei mit Zeichen bedeutete, nur ungehindert fortzutragen bis er zurückkomme, machte auch keinen weiteren Eindruck auf sie. Wenn er zurückkam, war es eben noch Zeit genug, und sie sammelten sich jetzt am Strand, um den rasch abstoßenden Booten nachzuschauen. Im Ganzen war es ihnen übrigens recht; brauchten sie doch jetzt vor der Hand nicht länger Holz zu schleppen, und wenn die Weißen das andere haben wollten, würden sie schon wiederkommen. Kamen sie aber nicht, nun so brachte Tomo die Waren für das mitgenommene Holz zurück.

»Wetter noch einmal!«, sagte der Harpunier, der vorn auf der Bank seines kleineren Bootes stand und nach dem Schiff hinüberzusehen versuchte. »Ich möchte nur wissen, was der Alte hat. Wenn er uns noch eine Viertelstunde drüben ließ, waren wir mit allem fertig, und nachher haben wir das verdammte Anlaufen gleich an der nächsten Insel wieder. Da soll immer Zeit gespart werden, und wird nur mehr verwüstet.«

»Am Ende ist irgendetwas mit dem ›frischen Matrosen‹ vorgefallen«, lachte der Bootssteuerer.

»Nun, mit dem einen Mann und den paar roten Jungen werden doch die zwölf oder dreizehn Menschen, die noch an Bord sind, wohl fertig werden«, brummte der Seemann mit einem halbverbissenen Fluch durch die Zähne. »Das ist überhaupt fauler Kram, und ich wollte – aber was geht's mich an – was er tut, mag er auch verantworten.«

Die Boote hatten indessen keinen besonders schnellen Fortgang gemacht, da das Holz den Rudernden im Wege war. Nur die ausgehende Ebbe begünstigte sie, und sie näherten sich eben der Ausfahrt, als der alte Harpunier die Flüchtigen erblickte, die eben in wilder Eile an der Einfahrt vorbeiruderten.

»Verdamm mich –«, rief er. »Da geht das Kanu! – Legt euch in die Riemen, Jungen, dass wir nachkommen! Weshalb, zum Teufel, setzen sie denn da nicht mit ihrem Boote nach?«

»Vielleicht sind sie hinterher – wir können sie nur von hier aus noch nicht sehen«, warf der Bootssteuerer ein.

»Hol der Henker das verdammte Holz!«, fluchte der Harpunier wieder. »Die Leute können sich nicht rühren – werft den Bettel über Bord – doch nein – lasst uns erst draußen sein, dass wir den Platz übersehen können.«

Das wäre auch leichter gesagt als ausgeführt gewesen, denn wenn sie das Holz über Bord werfen sollten, mussten sie indessen die Ruder ruhen lassen. Schärfer griffen sie aus, und es dauerte nicht lange, so erreichten sie die Einfahrt in die Riffe, an denen hin sie jetzt das Kanu flüchtig hinabgehen sahen. Der Harpunier, der sein kleines Fernrohr bei sich hatte, erkannte aber damit den Schotten, und wenn er auch noch nicht begriff, wie das alles gekommen sein konnte, so wusste er doch, was der Kapitän von ihm wollte, und folgte seiner Pflicht.

Der in der Richtung nach dem Kanu hin ausgestreckten Hand, dem Zeichen für den Steuernden, gehorchte dieser augenblicklich, der Bug des Bootes flog herum, und während die Leute ihr Möglichstes taten, rascher vorwärts zu kommen, sprang der Harpunier mitten ins Boot hinein und schleuderte selber alle Stücke Holz, die nur irgend den Ruderern im Wege lagen, über Bord. Ein Blick auf das Schiff zeigte dabei, dass er die Absicht des Kapitäns erfüllte, denn die Flagge war wieder eingezogen worden, und die *Lucy Evans* wendete sich sogar und setzte die oberen Segel, um der Jagd so nahe wie möglich zu bleiben.

Je mehr Holz der Seemann hinauswarf, desto leichter wurde das Boot, desto rascher schoss es vorwärts, und es war schon augenscheinlich, dass sie sich dem verfolgten Kanu näherten. Eine andere Einfahrt in die Riffe, der dasselbe jedenfalls zustrebte, war auch noch nicht zu sehen, oder lag wenigstens von der Brandung verdeckt, und Tom erkannte bald zu seinem Entsetzen, dass die Gefahr, wieder genommen zu werden, mit Riesenschritten über ihn hereinbreche. – Aber die Einfahrt lag gar nicht mehr so fern, und so schmal war diese, dass ihm das Boot kaum wagen durfte, dahinein zu folgen, noch dazu, da es an dieser selben Stelle nie hätte wieder ausfahren können. Die offene See wieder zu erreichen, musste es einen weiten Umweg machen, und zwar im Binnenwasser hin, an der volkreichsten Stelle der Insel vorbei, von wo aus ihm Toms jetzige Landleute doch vielleicht Hindernisse in den Weg legen könnten. Nur jene Einfahrt vor dem Boot zu erreichen, war jetzt die Aufgabe, und das schien nur möglich, wenn sie den hindernden Luvbaum abwarfen.

Ein paar rasch mit Alohi gewechselte Worte erhielten dessen Zustimmung, und Tom riss das Messer, das er noch vom früheren Seeleben an der Seite trug, heraus, um den Bast zu durchschneiden, mit dem die Querstücke daran befestigt waren. Das war im Nu, wenigstens dort, wo er saß, geschehen, der Luvbaum war indes hinten sowohl als vorn befestigt. Während er aber das Querstück mit der Hand hielt, um sein Messer Alohi zurückzureichen, fuhr ihm das glatte Holz, gegen das die Flut jetzt presste, unter der Hand weg. Das Kanu, noch von den beiden anderen Ruderern fast mit derselben Schnelle vorwärts getrieben, bekam durch das gegen das Wasser stemmende Querholz eine andere Richtung und schoss, aus seinem Kurs abdrehend, gerade gegen die Brandungswellen zu.

Alohi beseitigte allerdings mit zwei kräftig geführten Schnitten das Hindernis, aber das schmale Fahrzeug kam dadurch ins Schwanken, und die Indianer sowohl wie besonders Tom, die das Balancieren in so leicht beweglichem Kahn nicht gewohnt waren, brauchten mehrere Minuten, ehe sie nur wieder fest genug saßen, um den Bug desselben der vorigen Richtung zuzudrehen und von den drohenden Brandungswellen abzuwenden.

Das Walfischboot war in dieser versäumten Zeit auf kaum zweihundert Schritt herangekommen, und so nah klang das regelmäßige Ruderausheben in den Dollen desselben, dass Tom wieder und wieder scheu den Kopf danach zurückwarf. Einen Augenblick, als sich das Kanu so plötzlich wandte, hatte der Harpunier allerdings schon geglaubt, das verfolgte Boot hätte irgendeine Einfahrt zwischen den Brandungswellen erreicht und wolle dieselbe benutzen, bald erkannte er aber die wahre Ursache, und ein triumphierendes Lächeln zuckte über seine Züge. Ihn selber dauerte der arme Teufel, den er hier wie einen Verbrecher wieder einfangen musste, und er würde an des Kapitäns Stelle vielleicht anders gehandelt haben, aber der Reiz der Jagd riss ihn auch wieder so weit mit fort, dass er jetzt sein eigenes Leben mit Freuden in die Schanze geschlagen haben würde, nur um den Flüchtigen wieder in seine Gewalt zu bringen.

Es ist das oft ein wunderlicher Zwiespalt in unserem Herzen, von dem wir uns nur selten Rechenschaft zu geben wissen, und manchmal ist's, als ob irgendein Dämon mit unserem besseren Selbst ringe und kämpfe – und leider trägt der Teufel fast stets den Sieg davon.

Außerdem wäre es ja aber auch eine Schande gewesen, wenn ein Kanu, von drei Rudern getrieben, s e i n e m Boot, dem schnellsten an Bord, in dem v i e r Riemen mit äußerster Anstrengung geführt wurden, entkommen sollte. Er hätte sich ja geschämt, wieder an Bord zurückzukehren. Unterdessen warf er, mit diesen Gedanken beschäftigt, Scheit nach Scheit über Bord, dass ihm der Schweiß in großen hellen Tropfen von der Stirn lief.

»Das Kanu hat den Luvbaum abgeworfen, um schneller vorwärts zu kommen!«, rief jetzt der Bootsteuerer, der es ebenfalls bemerkt hatte, triumphierend aus. »Seht nur, wie sie hin und her schwanken. Wir gewinnen mit jedem Ruderschlag!«

»Hurra meine Jungen!«, schrie der Harpunier. »Doppelten Grog heut Abend für euch, wenn ihr die Burschen einholt. Nur zehn Minuten, und sie sind unser!«

»Wir kommen nicht von der Stelle, Tom!«, rief Indessen Alohi mit Todesangst dem Weißen zu. »Wenn wir uns viel regen, schlagen wir um!«

»So steuere gerade in die Brandung hinein! «, antwortete der Schotte in Verzweiflung. »Dorthin wagen sie nicht zu folgen, und – besser tot als gefangen.«

»Hier nicht!«, rief aber Alohi ängstlich zurück. »Um unser aller Willen hier nicht. Die Riffe liegen scharf und ausgedehnt dahinter, und unsere Leiber würden zerschmettert und zerrissen werden, ehe sie das Binnenwasser erreichten.«

»Dann sind wir verloren«, murmelte Tom dumpf vor sich hin, während durch eine unvorsichtige Bewegung das Kanu wieder ins Schwanken kam. Die drei Ruder mussten aufhören zu arbeiten, und in derselben Minute schoss der Bug des Walfischbootes an sie heran.

»Komm herüber, mein Bursche, und mache keine unnützen Schwierigkeiten mehr«, sagte der Harpunier, fast eher in einem freundlichen als barschen Ton. »Du siehst, du kommst nicht fort – spring ins Boot und lass die roten Jungen ihr Kanu in Gottes Namen weiter rudern.«

»Mit welchem Recht fallt Ihr mich hier auf offenem Meere an?«, rief aber der Schotte entrüstet. »Seid ihr Freibeuter, dass ihr presst, was ihr zu eurem Dienste braucht?«

»Das macht mit dem Alten aus«, erwiderte ruhig der Harpunier. »Ich habe nur den Auftrag, Euch einzubringen.«

Die Matrosen hatten indessen das Kanu gefasst, und der Harpunier streckte den Arm nach dem Unglücklichen aus.

»Es tut mir bei Gott selber Leid«, setzte er dann leise hinzu. »Aber – zum Teufel, wer hieß Euch auch wieder in des Löwen Rachen hineinsteigen; macht aber jetzt gute Miene zum bösen Spiel, denn das Schlimmste ist doch nur eine Trennung von zehn oder zwölf Monaten von Eurer Insel. Bis dahin haben wir unser Schiff voll, und dass Euch der Kapitän dann hier wieder abliefert, versteht sich wohl von selbst.«

Tom Burton stand einen Augenblick zaudernd in seinem schwanken Kahn. Noch konnte er sich losreißen und über die Brandungswellen hin Tod oder Freiheit suchen – aber die Lust zum Leben siegte doch in ihm. Vom Bord des Schiffes aus war v i e l - l e i c h t noch Rettung möglich – die Wellen hier hätten ihn dem s i c h e r n Tod entgegengeschleudert.

»Leb wohl, Alohi«, sprach er, dem Schwager die Hand reichend. »Grüß deine Schwester von mir und sag ihr, was du gesehen hast. Wenn die Brotfrucht zum zweiten Male reift, bin ich hoffentlich wieder bei euch – vielleicht auch früher«, setzte er mit fest zusammengebissenen Zähnen hinzu.

»Alohi geht nicht nach Tubuai zurück«, sagte aber der Indianer ruhig, indem er sein Ruder in das Kanu warf und von seinem Sitz aufstand. »Anahona mag das Fahrzeug zurücknehmen. Ich bleibe bei dir.«

»Du willst mit uns gehen?«

Alohi nickte nur als Antwort mit dem Kopf.

»Was sagt er?«, rief der Harpunier.

»Er will mich nicht verlassen – darf er uns begleiten?«

»Versteht sich, mein Junge«, lachte der Seemann, froh einen Mann mehr an Bord hinüberzubringen. »Und wir wollen sehen, dass wir einen tüchtigen Matrosen aus ihm machen. Aber nun rasch – wir treiben hier mit der Strömung gegen die Brandung zu – kommt über, Tom – dass Euch der Alte nicht schlecht behandeln soll, dafür lasst mich sorgen.«

Alohi wechselte nur einige Worte mit seinem Landsmann und stieg dann zuerst in das Walfischboot hinein – Tom folgte ihm langsam. Die Ruder wurden wieder eingeworfen, der Bug des Bootes flog herum, und während das Kanu, von dem einen Indianer geführt, nach der alten Einfahrt in den Riffen zusteuerte, den Eingeborenen die traurige Kunde zu bringen, ruderten die Weißen guter Dinge der *Lucy Evans* entgegen.

Den Leuten mochte die Gefangennahme des armen Teufels vielleicht Leid tun, und viele sahen darin ihr eigenes Schicksal, wenn sie selber eine oft und oft überdachte Flucht versuchen sollten; aber im Ganzen war es ihnen doch recht. Einmal an Bord eines Walfischfängers, wäre ihnen der Mangel eines Zimmermanns bald fühlbar geworden, er musste sogar zuletzt ihren Fang beeinträchtigen. Dadurch aber wurde ihr Verdienst geschmälert, und der Eigennutz regiert ja nun doch einmal die Welt.

Es war ein furchtbares Gefühl, mit dem Tom das Schiff wieder betrat, wo er auch eben auf nicht freundliche Weise mit Fluchen und Verwünschungen von dem vorhin überlisteten dritten Harpunier empfangen wurde. Vollkommen ruhig benahm sich dagegen der Kapitän, der trotz des ausgeführten Gewaltstreiches dem Mann seine jetzt versuchte und allerdings gerechtfertigte Flucht nicht noch durch harte Reden oder gar irgendeine Strafe wollte entgelten lassen.

Tom selber war dagegen nicht willens, sich so ganz geduldig in sein hartes und, wie er glaubte, ungerechtes Los zu finden. Der Kapitän sollte sich wenigstens später nie entschuldigen können, nicht gewusst zu haben, was er begehe, indem er ihn seiner Familie, seiner jetzigen Heimat entreiße. Ohne deshalb einen weiteren Befehl von dessen Seite abzuwarten, schritt er, sobald er die Schanzkleidung überstiegen hatte und ohne auf die bitteren Reden des gereizten dritten Harpuniers auch nur mit einem Blick zu antworten, auf den Kapitän zu. Dieser stand neben dem Steuernden, das Auge auf die Segel geheftet und der Mannschaft die Befehle zum Umbrassen zurufend.

»Kapitän Rogers!«

»Ah Mr. Burton – wieder an Bord! Ihr werdet vor allen Dingen daran gehen müssen, das Boot auszubessern, das ihr vorhin, in der Eile an Land zu kommen, zerschlagen habt. Wir brauchen es notwendig.«

»Kapitän Rogers«, wiederholte Tom und musste sich Gewalt antun, um die nötige Ruhe zu behaupten. »Sie wissen, dass Sie eine ungesetzliche – unmenschliche Tat begehen, indem Sie mich gewaltsam von hier fortführen.«

»Ungesetzlich? – Begingt Ihr etwa eine gesetzliche Tat, als Ihr von dem *Bonnie Scotchman* flüchtig wurdet?«

»Das war der *Bonnie Scotchman*«, sagte Tom ruhig, »und hätten Sie mich damals wieder eingefangen, wären Sie in Ihrem vollen Recht gewesen, mich zu strafen, wie Sie es für gut fanden. Gegen dieses Schiff aber habe ich keine Verbindlichkeiten gebrochen.«

»Gegen dieses Schiff allerdings nicht, aber gegen mich«, sprach der Kapitän gleichfalls ruhig. »Unsere Ansichten mögen darüber verschieden sein, und glaubt Ihr Recht zu behalten, gut, so könnt Ihr mich im nächsten englischen Hafen, den wir erreichen, verklagen. Für jetzt bitte ich Euch aber, Eure Pflicht ruhig und ordentlich zu erfüllen und mir die unangenehme Notwendigkeit zu ersparen, Euch – doch wozu harte Worte?«, unterbrach er sich rasch. »Ihr kennt die Verhältnisse an Bord eines Walfischfängers so gut wie ich sie Euch schildern kann, und seid vernünftig genug, das Beste zu wählen. Unsere Reise wird überdies hoffentlich nicht so lange mehr dauern.« Er wandte sich ab von Tom, als sein Auge auf den Indianer fiel, und sagte lächelnd: »Habt Ihr da noch einen Matrosen für mich geworben?«

»Er ist der Bruder meines Weibes, der mich nicht verlassen will«, versetzte Tom finster.

»Ah, Euer Schwager, desto besser! Ich hoffe, es soll ihm bei uns gefallen, und nun – seid so gut und geht an Eure Arbeit.«

Tom war entlassen und sein Schicksal entschieden. Er wusste, dass er nichts weiter von Bitten noch Drohungen zu hoffen hatte, ja die Letzteren seine Lage nur verschlimmern konnten, und war vernünftig genug, sich dem zu fügen. Unbelästigt von irgendjemand – denn der dritte Harpunier hatte strengen Befehl bekommen, dem neuen Zimmermann des letzten Fluchtversuchs wegen keine weiteren Vorwürfe zu machen – verrichtete er jetzt seine Arbeit, und wenn ihm auch das Herz hätte brechen mögen, als das Schiff seinen Kurs in die See hinaus nahm und Tubuai mehr und mehr am Horizont verschwand, verbiss er doch seinen Schmerz. Es sollte niemand ahnen, was in ihm vorging – seine Zeit kam doch vielleicht.

Nicht so ruhig aber nahm Alohi den Abschied von seinem Vaterland. Im Anfang zwar hatte er sich mit ziemlicher Gleichgültigkeit dem Entschluss hingegeben, sein Schicksal an das seines Schwagers zu knüpfen – eine gewisse Furcht mochte ihn ebenfalls dazu getrieben haben, den Klagen der Schwester auszuweichen. Jetzt aber, als die palmenreiche Küste, als die grünen Gipfel seiner Berge niedriger und niedriger wurden, und endlich auch der letzte in die See versank und die weite Öde furchtbar überwältigend vor ihm lag, da wurde ihm doch recht weh und ängstlich zu Mute, und er kauerte still und traurig an Deck nieder, senkte den Kopf und verhüllte sich das Gesicht mit seinem Schultertuch.

Niemand belästigte ihn an dem Tag; die Seeleute wussten schon aus früherer Zeit, dass sie den Eingeborenen, wenn sie deren einmal als Arbeiter auf ihre Schiffe bekommen, Raum zu ihrem Heimweh geben mussten. Nachher fanden sie sich schon besser hinein. Ihr leichter Sinn hob sie bald über den wirklichen Verlust hinweg und ließ sie in dem Neuen und Wunderbaren, das sie umgab, sogar das Vaterland vergessen – freilich nur bis irgendeine neue Hügelspitze am Horizont auftauchte und die Sehnsucht dann wohl so stark zurückkehrte als je.

Tom war indes fest entschlossen, jede nur mögliche Gelegenheit zu neuer Flucht zu benutzen, und mit Alohis Hilfe, den die Indianer einer fremden Insel gewiss eher unterstützt als ausgeliefert hätten, hoffte er auch auf gutes Gelingen. So nachsichtig ihn aber auch der Kapitän in See behandelte, so streng wurde er überwacht, so lange sie nur in Sicht einer der zahlreichen in den dortigen Meeren zerstreut liegenden Inseln kamen, und als sie später in Hilo auf Hawaii anlegten, durfte der arme Teufel nicht einmal das Zwischendeck, ausgenommen mit Bewachung, verlassen. An Flucht war da gar nicht zu denken. Alohi dagegen konnte frei umhergehen, wohin es ihm beliebte. Kapitän Rogers wusste recht gut, dass ihm der nicht davonlaufen würde, so lange er nur den Schotten hielt.

Der einzige Feind, den Tom an Bord hatte, war der dritte Harpunier, Mr. Elgers, der ihm die damalige Flucht nicht vergessen konnte, und peinlich wurde dies Verhältnis sogar, als er und Alohi gerade seinem Boote zugeteilt wurden. So knapp war die *Lucy Evans* nämlich an Mannschaft, dass nicht einmal der Zimmermann, wenn nicht besonders nötige Arbeit an Bord seine Anwesenheit erforderte, beim Fang der Fische entbehrt werden konnte.

Alohi besonders hatte dort eine schwere Zeit, denn an das eisige Klima nicht gewöhnt, konnte er sich, trotz der erhaltenen warmen Kleidung, gar nicht mehr erwärmen. Die schwere Arbeit dazu, das Rudern am Tag, das Auskochen bei Nacht – oder in der Dämmerung wenigstens, da es dort oben in den Sommermonaten nicht Nacht wurde – rieb seinen Körper fast auf. Aber keine Klage kam über seine Lippen, und nur manchmal, wenn er oben im Top der Masten den Ausguck nach Walfischen hatte, drangen die leisen wehmütigen Töne eines kleinen heimischen Liedes, das Tom nur zu gut kannte, auf das Deck nieder und verrieten ihm wenigstens, wie weh es dem armen Indianer im Herzen sei.

Ihre Jagd war ziemlich glücklich. Sie nahmen so viel Fische, dass der Kapitän beschloss, wenn auch sein Schiff noch nicht ganz gefüllt war, keine weitere Jahreszeit hier oben abzuwarten, sondern nach Hause zurückzukehren. Auf der Heimfahrt konnte er dann das Fehlende vielleicht noch nachholen. – Auf Oahu wurde das Schiff wieder mit frischen Provisionen und Wasser versehen, und der zweite Harpunier wie zwei Bootssteuerer, die auf den Sandwichinseln zu bleiben wünschten, ausgezahlt. Es geschieht dies sehr häufig, wenn ein Schiff seine Heimfahrt antritt, und ist stets ein Nutzen für die an Bord Zurückbleibenden. Die Abgehenden brauchen nämlich nicht allein nicht mehr beköstigt zu werden, sondern sie sind auch genötigt, ihren Anteil am Tran hier billiger anzunehmen, als es in England der Fall gewesen wäre.

Nur den Zimmermann und Böttcher brauchte das Schiff noch notwendig für die weitere Fahrt, und trotz des ersten Harpuniers Bitte für Tom Burton, ihn in der Nähe seiner Heimat abzusetzen, wenn sie diese erreichen würden, erklärte der Kapitän, ihn notgedrungen mit nach Hause nehmen zu müssen, da er das Schiff nicht der Gefahr aussetzen durfte, unterwegs bei schwerem Wetter und so tief geladen zu Schaden zu kommen. Was konnten sie dann ohne Zimmermann anfangen? Der Harpunier schwieg. Der Kapitän hatte

Recht – und auch nicht. Er selber mochte mit der Sache nichts weiter zu tun haben.

Sobald sie den Äquator wieder passiert hatten, bat übrigens Tom ebenfalls den Kapitän darum, bei Tubuai anzulaufen und sie beide ihren Familien zurückzugeben; der Kapitän gab ihm aber ganz aufrichtig dieselbe Antwort wie seinem Harpunier, und Tom war zu viel Zimmermann und Seemann, um nicht selber einzusehen, dass jener von seinem Standpunkt aus vollkommen Recht hatte. Aber zur Verzweiflung trieb es ihn bald, wenn er daran dachte, wie er jetzt vielleicht in einer Tagereise Entfernung an dem kleinen Inselland vorbeischwamm, das seine Heimat geworden und alle die Menschen in sich fasste, die ihm lieb und teuer waren, und dass trotzdem doch vielleicht noch Jahre vergehen müssten, ehe er den Boden wieder betreten konnte. Und doch sah er keine Möglichkeit zur Flucht.

Weiter und weiter verfolgte indessen das Schiff seine Bahn. Die Breite von Tubuai mussten sie jedenfalls schon passiert haben, und die Ungewissheit darüber fraß ihm nur noch mehr am Herzen. Der Kapitän nämlich, der die Beobachtungen der Sonne selber nahm und berechnete, vermied stets, irgendjemand anderem ihre Bahn mitzuteilen. Die Leute durften auch gar nicht danach fragen, und die Harpuniere bekümmerten sich nicht darum. Das war eine Sache, die sie nichts anging. Sie hatten nur mit dem Fang der Fische zu tun; das Schiff in den richtigen Hafen zu bringen, war des Kapitäns Sache.

Mehrfach tauchten jetzt wieder einzelne Inselgruppen am Horizont auf und Alohi hatte diese stets mit peinlichster Spannung beobachtet. Ihm allerdings hatte der Kapitän freigestellt, das Schiff zu verlassen oder zu bleiben, der treue Bursche aber wollte nicht von Tom weichen. Wohin der ginge, ginge er mit, und wenn die Weißen schlecht genug wären, den noch einmal mit fortzuschleppen, sollten sie ihn auch mitnehmen.

So standen die Sachen, als Tom Burton eines Morgens vorn an der Galerie beschäftigt war, die Stevenpumpe in Ordnung zu bringen. Aber die Arbeit ging ihm heute nicht vonstatten. Da drüben, leewärts, lag wieder Land, lagen die Spitzen zweier, wie es schien, ziemlich hoher Inseln, und er konnte die Augen nicht abwenden von dem teuern Boden – vielleicht dem letzten Palmengrund, den sie zu sehen bekamen, ehe sie die schwere, kalte Fahrt um Kap Horn antraten. Was es für Inseln seien, konnte er freilich nicht erraten. Er hatte den ersten Harpunier, der immer noch am freundlichsten mit ihm gewesen, darum gefragt, aber dieser wusste es selber nicht oder wollte es nicht wissen.

»Tomo«, sagte da plötzlich eine leise scheue Stimme an seiner Seite. »Weißt du, was das da drüben für Land ist?«

Tom fuhr von einem plötzlichen Gedanken durchzuckt nach ihm herum. »Tubuai?«, rief er mit angstgepresster und doch wild herausgestoßener Stimme. »Aber nein – nein«, setzte er dann leise und kopfschüttelnd hinzu. Das sind die heimischen Berge nicht, an deren Fuß wohnt nicht –«

»Halte dich ruhig«, flüsterte Alohi. »Die anderen brauchen nicht zu wissen, dass wir über das Land sprechen.«

»Und was hülfe es uns? Haben wir ein Boot, dass wir es erreichen könnten?«

»Dorthin liegt nicht Tubuai«, sprach Alohi vorsichtig. »Das ist Tahiti – die große Insel, auf der die Feranis wohnen. Die andere links davon ist Morea.«

»Aber woher kennst du die Inseln?«

»Als Knabe war ich mit dem Missionskutter einst auf Tahiti. Ich habe den spitzen Gipfel nicht vergessen.«

»Und Tubuai? Wo hinaus liegt das?«

»Gerade dorthin, wo die Sterne abends stehen, die ihr das Kreuz nennt – nur ein wenig mehr nach leewärts zu«, flüsterte der Eingeborene, ohne den Kopf nach der bezeichneten Richtung zu wenden. »Wir sind noch lange nicht an Tubuai vorbei. Wenn wir ein Boot frei machen könnten – ich fände jetzt leicht die Richtung dorthin.«

»Es geht nicht – es geht nicht«, seufzte Tom. »Die Boote hängen zu nah am Steuerruder, und wenn ich selbst die Wache dort hätte – einer der Harpuniere ist stets an Deck.«

»Und zwischen den Wachen, nachts, wenn sie unten im Buch schreiben?«

Tom schüttelte traurig den Kopf. »Das erste Reiben des Taus in den Blöcken müssten sie hören, und ehe wir nur das Boot auf dem Wasser hätten, wären wir verraten. Nein, armer Bursche, es bleibt uns jetzt schon keine andere Wahl, als geduldig auszuharren die schwere Zeit – noch viele lange, lange Monde.«

Alohi gab seinen Plan noch nicht auf. Das Land in Sicht, das ihm plötzlich die Richtung der eigenen Heimat zeigte, hatte die Sehnsucht stärker als je in ihm erweckt. Aber selbst die Elemente schienen ihm entgegen, denn der Wind legte sich fast ganz und es wurde so still, dass eine Flucht im Boot, selbst wenn sie glücklich das Schiff damit verlassen hätten, unmöglich geworden wäre. Nur bei kräftiger Brise hätten sie hoffen können, mit Segeln zu entkommen. Die Nacht brach ein, und am nächsten Morgen, als die Sonne wieder im Osten emporstieg und das spiegelglatte Meer beschien, war das Land verschwunden. Bald nach Sonnenaufgang erhob sich aber der Wind auch wieder und die *Lucy Evans* lief jetzt mit ziemlich kleinen Segeln etwa vier Knoten die Stunde nach Süden nieder. In den letzten acht Tagen hatte sie keinen Fisch gefangen, und das Deck lag rein und sauber gescheuert. Zu arbeiten war ebenfalls wenig und der Böttcher, so ziemlich die einzige ununterbrochen tätige Person, da die mit dem heißen Tran gefüllten Fässer scharfes Aufpassen und mehrmaliges Nachtreiben der Reifen verlangen, wenn sie nicht leck werden sollen. Die Ausgucks wurden jedoch regelmäßig in den Tops der Masten gehalten, denn sie befanden sich hier noch im besten Spermfischrevier und hätten noch ein halbes Dutzend der fetten Burschen brauchen können, um ihr Schiff bis zum Deck zu füllen.

Vier volle Tage, nachts dabei nur wenig Fortgang machend, lagen sie so dicht am Wind, um so viel wie möglich nach Osten anzuhalten. Dass sie Tubuai jetzt passiert hatten, war gar keine Frage mehr, und die weite öde See lag vor ihnen, ein traurig wildes Ziel. Am vierten Nachmittag war Tom oben in den Top des Vormasts zum Ausguck gesandt und konnte die Blicke nicht abwenden von der Richtung, in der er die Heimat wusste. Er schaute so lange nach Westen, in die untergehende Sonne, bis ihn die Augen schmerzten, und wandte sich endlich in Pein und Unmut ab, damit seine Gedanken nicht über ihn Herr werden möchten.

Eine Zeit lang flimmerte es ihm vor den Augen, so hatten ihn die Strahlen der Sonne geblendet, und doch kam es ihm vor, als ob er dort drüben zu windwärts einen dunkeln Punkt erkennen könne. War das ein Fisch? – Er wäre der Letzte gewesen, ihn anzurufen, denn jetzt, nachdem sie seine Insel im Rücken hatten, lag seine einzige Hoffnung auf einer schnellen Fahrt, der alten Heimat zu, um von dort dann mit dem ersten Schiff den Rückweg hierher zu finden. Das Einschneiden eines Fisches hätte dies nur verzögert. – Aber nein, das war kein Fisch. Ein dunkler Gegenstand lag gar nicht so sehr weit entfernt, ziemlich hoch aus dem Wasser. Was es sei, konnte er nicht erkennen, rief aber das Schiff unten an und meldete mit dorthin ausgestreckter Hand, was er bemerkt. Er war selber neugierig geworden.

Einer der Harpuniere stieg rasch mit dem Fernglas nach oben und erkannte bald in dem dunkeln Gegenstand einen kleinen entmasteten Kutter, der dort, anscheinend herrenlos, auf dem Wasser trieb. Niemand auf der Welt hat aber besser Zeit, etwas derartiges zu untersuchen, als gerade ein Walfischfänger, da er nicht das mindeste dabei versäumt. Die Ausgucks bleiben natürlich fortwährend in den Masten, und während er beilegt oder gegen den Wind aufkreuzt, können ihm ebenso gut Fische in den Wurf laufen, als wenn er mit voll geblähten Segeln vor dem Wind fortginge. Außerdem war hier eine Aussicht auf Gewinn – es konnte ein mit Perlmutterschalen oder Kokosöl beladener Kutter sein, der aus irgendeinem Grund von seiner Mannschaft verlassen worden. Jedenfalls lohnte es der Mühe, die Stunde daran zu wenden, um ihn zu untersuchen, und die Sonne war eben noch hoch genug, um ihn wenigstens vor ihrem Untergang zu erreichen.

»Mr. Hobart!«, rief der Kapitän. »Nehmen Sie Ihr Boot und zugleich – oder lassen Sie lieber Mr. Elgers gehen«, unterbrach er sich. »Der hat den Zimmermann in seinem Boot. Tom mag sein Handwerkszeug mitnehmen, Meißel, Säge, Hammer und Beil; man weiß nicht, was da aufzuschlagen ist. Lohnt es der Mühe, so bleiben Sie dort liegen, bis wir dazu aufkreuzen können – Sie mögen sich auch eine Laterne mitnehmen, falls es zu dunkel werden sollte.«

Der Befehl wurde rasch ausgeführt und Tom vom Mast heruntergerufen. Hier blieb ihm auch wirklich kaum Zeit, sein notwendigstes Geschirr zusammenzuraffen und in das Boot zu springen. Das hatte die übrige Mannschaft indes mit allem Nötigen versorgt, und sie stießen gleich darauf von Bord ab, um das Wrack zu untersuchen. Unten auf dem Wasser konnten sie es aber noch nicht erkennen, und von der großen Rahe aus gab ihnen ein dort hinaufgeschickter Matrose die Richtung an, in der sie steuern mussten, bis sie selber nahe genug kamen, es von der blitzenden Flut, die ihren Horizont begrenzte, zu unterscheiden.

»Legt euch in die Riemen, meine Burschen«, ermunterte der Harpunier die Leute. »Es wird sonst dunkel, eh wir hinkommen; die Sonne geht ja schon unter. Regt ein bisschen die faulen Knochen – wer weiß, ob nicht in dem Kasten da drüben mehr steckt, als zwei Walfische wert sind.«

Das Letztere war jedenfalls die beste Anregung für die Leute. Mit aller Macht legten sie sich in die Ruder, und das schlanke treffliche Boot sprang leicht über die kaum bewegten, aber von einer frischen Brise dunkel gekräuselten Wellen der blauen See, sodass sie bald das ersehnte Ziel erreichten.

Es war in der Tat ein kleiner inländischer Kutter, wie ihn die Weißen hier und da für die Eingeborenen auf den Inseln bauen, und womit auch oft Europäer, besonders Franzosen, zwischen den verschiedenen Inselgruppen herumfahren und Perlmutterschalen, Kokosöl, Limonensaft oder andere Produkte gegen europäische Waren, seltener gegen Geld eintauschen. Jedenfalls hatte ein Sturm das kleine Fahrzeug erfasst, und die Mannschaft, wenn sie nicht verunglückt war, sich in ihrem Kanu zu retten gesucht. An Deck lagen nur einige Kokosnüsse, die Alohi, ohne weiter einen Befehl deshalb abzuwarten, in das Boot warf. Außerdem war aber von dem Takelwerk noch manches zu gebrauchen, der Anker z. B. allein schon etwas wert, und der Harpunier ließ sich jetzt die Laterne anzünden, um in den innern Raum, der nur teilweise mit Wasser gefüllt schien, hineinzusteigen und nach Papieren oder sonst wertvollen Sachen zu suchen. Die Mannschaft sprang indes sämtlich an Deck des kleinen Fahrzeugs, um so viel wie möglich wenigstens von dem Tauwerk zu bergen, falls sich die Ladung als wertlos erweisen sollte. Die Sonne war allerdings schon unter, und die Nacht fing an, sich von Osten her langsam über die weite, leise wogende See auszubreiten. Die Dämmerung ist in jenen Meeren ungemein kurz, und dem Tag folgt fast unmittelbar die Nacht.

»Hierher, Zimmermann; gebt einmal ein Beil herunter«, rief der Harpunier, der mit dem Bootsteuerer nach unten geklettert war, an Deck hinauf. »Und bringt einen Meißel mit.

Tom stieg in das Boot, das in See vom Kutter angebunden hing, um das kleine Kästchen mit Handwerksgerät heraufzuholen, als plötzlich jemand zu ihm in das Boot sprang und dieses ein Stück vom Kutter abschoss. Er richtete sich überrascht empor und erkannte Alohi, der mit einem trotzigen Lächeln über den dunkeln Zügen, ein Messer in der Hand, mit dem er eben das Tau durchschnitten hatte, einen Augenblick stolz und hoch aufgerichtet vorn im Boot stand. Es war aber auch wirklich nur ein Augenblick, denn im nächsten Moment schon warf er das Messer von sich und griff einen Riemen auf.

»Hallo – das Boot ist flott!«, rief einer der zurückgebliebenen Leute. »Auf der andern Seite, Kanaka[1] , musst du den Riemen einsetzen – du schiebst es ja noch immer weiter ab.«

»Was tust du, Alohi?«, rief Tom erschreckt.

»Was ich tue, Tomo? Ich will nach Tubuai fahren – und nun Segel auf und fort, denn es dauert noch wenigstens eine Viertelstunde, ehe es vollkommen Nacht ist. Die anderen Boote werden bald hinter uns her sein.«

---

[1] Der Name bedeutet eigentlich einen Sandwich-Insulaner, aber die Seeleute geben ihn gewöhnlich allen Eingeborenen der Südsee.

»Aber Alohi!«, rief Tom, »mit diesem Boote sollen wir die Entfernung -«

»Und wenn's ein Kanu wäre«, lachte der Indianer wild vor sich hin. »Besser hier zugrunde gehen als länger bei jenen weißen Teufeln ausharren. Alohi bleibt nicht mehr bei ihnen.«

»Nun denn mit Gott!«, rief Tom laut aufjubelnd, indem er mit raschen Griff den kleinen Mast in den dazu bestimmten Platz setzte. »Land werden wir schon irgendwo treffen, und nun hinaus in die See!«

»Oh Tom – O Kanaka!«, riefen indessen die beiden zurückgelassenen Matrosen erschreckt durcheinander. »Hallo, Mr. Elgers, das Boot ist fort!«

»Den Teufel auch!«, schrie dieser, indem er rasch nach oben sprang. Aber in die gotteslästerlichsten Verwünschungen brach er aus, als die beiden Flüchtlinge seinen Anrufen nicht gehorchten, sondern mit geblähtem Segel, scharf am Winde hin, das Weite suchten. In wilder Hast und Wut schwang er dabei die Laterne hin und her, als einzig mögliches Zeichen für das Schiff, von dort so rasch als möglich Hilfe herbeizuholen.

An Bord hatten sie indessen von oben aus ebenfalls, wenn auch nicht das Abstoßen des Bootes, denn dazu war es nach Osten hin zu dunkel geworden, aber doch das gesetzte Segel entdeckt. Der Mann, der als Ausguck oben saß, rief es an Deck hinunter. Nichtsdestoweniger zerbrach er sich den Kopf, weshalb das Segel nicht gerade auf das Schiff zuhielt und auf dem Wrack noch immer jemand die Laterne schwenkte. Seiner Pflicht nach rapportierte er das endlich ebenfalls, und der erste Harpunier lief rasch an der Want hinauf, um sich von dem Tatbestand zu überzeugen. Mr. Hobart brauchte indessen keine lange Zeit, den wahren Verlauf zu durchschauen.

»Mein Boot aufs Wasser!«, schrie er in dem nämlichen Augenblick an Deck hinab und glitt dann selber an einer von den Pardunen nieder.

»Was ist vorgefallen, Mr. Hobart?«, rief der Kapitän, der unten neben dem Steuerrad stand. »Ist das Boot verunglückt?«

»Halb und halb«, lachte der Harpunier mit einem derben Fluch zur Bekräftigung. »Für uns wenigstens hier. Es geht mit voll geblähtem Segel nach Lee zu, und ich müsste mich sehr irren, wenn Tom und der Kanaka nicht eine Vergnügungstour darin vorhätten.«

»Verdammnis!«, schrie der Kapitän, das Deck stampfend.

»Sie hätten ihn sollen laufen lassen, als es noch Zeit war«, sagte der Harpunier, seinen dicken Rock, der schon für die Nachtwache bestimmt auf dem Gangspill lag, aufnehmend und anziehend. »Jetzt werden uns die Burschen wieder zu einer verteufelten Hetze zwingen und – verdenken kann ich's ihnen auch nicht – ich täte dasselbe an ihrer Stelle.« Er war dabei auf die Bulwarks gesprungen und glitt an dem Tau draußen nieder, in das hinuntergelassene Boot.

»Sehen Sie sich vor, Mr. Hobart, dass Sie das Schiff im Auge behalten«, ermahnte ihn der Kapitän. »Ich werde Laternen an den Tops aufhängen lassen.«

»Ay, ay, Sir«, rief der Harpunier zurück, murmelte aber in den Bart: »Werde den Teufel tun und in Nacht und Nebel dem Schiff aus Sicht laufen – keine Furcht, Alter. Nur zu, Jungen, greift aus!«, rief er den Leuten zu, und die vier Riemen tauchten zu gleicher Zeit in die Flut und machten das Boot rasch davonschießen. – Aber die beiden Flüchtlinge hatten, obgleich es rascheren Fortgang machte als sie, nicht viel von ihm zu fürchten. Es war nämlich unter der Zeit so dunkel geworden, dass der Mann im Ausguck dem verfolgenden Boote nur noch die ungefähre Richtung des flüchtigen Segels angeben konnte, und der musste es folgen, so gut es eben ging.

Zugleich mit ihm hatte Kapitän Rogers auch das zweite Boot – und zwar in Ermangelung eines zweiten Harpuniers unter dem Befehl des Böttchers – nach dem Wrack abgeschickt, die noch dort befindlichen Leute abzuholen. Von oben war das Licht zu erkennen, und einen darüber befindlichen Stern annehmend, konnten sie dadurch leicht ihren Kurs halten.

Die *Lucy Evans* setzte jetzt alle Segel, brasste auf und lief eine Strecke hinter den Flüchtlingen her.

Als jedoch der Schein der Laterne auf dem Wrack immer schwächer wurde und endlich ganz verschwand, blieb ihr nichts anderes übrig, als beizudrehen und auf ihre beiden Boote zu warten, die der

Lucy Lichter besser erkennen konnten. Im Westen zeigte sich außerdem eine aufsteigende Wolkenschicht, und der Kapitän durfte seine Mannschaft in den Booten draußen, die nicht einmal mit Provisionen versehen waren, nicht der Gefahr aussetzen, verloren zu gehen.

In zwei Stunden etwa kehrte der Böttcher mit den Leuten vom Wrack zurück, und eine halbe Stunde später auch Mr. Hobart mit seinem Boot. Von den Flüchtlingen hatte er aber nichts mehr finden können, und als am nächsten Morgen die Sonne, mit einer scharfen Brise, die ihre weißen Schaumwellen über die weite blaue, aufgewühlte Fläche warf, dem Horizont entstieg, war nichts mehr von ihnen zu entdecken. Sie mussten die Verfolgung aufgeben – die Segel wurden wieder umgebrasst, und der Walfischfänger wandte seinen Bug aufs Neue der Heimat zu.

Eine Nacht voll Todesangst verbrachten indessen die beiden Flüchtlinge, denn wohl wussten sie, dass das Schiff ihrer Bahn folgen würde, und zufällig konnte es ja doch immer dieselbe Richtung beibehalten, wie sie. Befanden sie sich aber bei Tagesanbruch noch in Sicht und wurden sie entdeckt, so waren sie jedenfalls verloren.

Eine volle Stunde behielten sie nichtsdestoweniger ihren Kurs bei, um nur erst den Blicken der Nachsetzenden entzogen zu werden, dann aber kreuzten sie auf Toms Rat, so wenig Fortgang sie auch dabei machten, gerade in den Wind auf. Dadurch behielten sie die Wahrscheinlichkeit für sich, dass sie das Schiff im Dunkeln passieren würde, und an ein Wiederfinden war dann nicht leicht zu denken. Mit der Morgendämmerung, um keine Vorsicht außer Acht zu lassen, nahmen sie das weiße Segel ein, das sie vielleicht hätte verraten können, und suchten sorgfältig den ganzen Horizont nach irgendeinem Schiff ab. – Es war nichts zu sehen. Da, voll guten Mutes, setzten sie bei der frischen Brise das Segel wieder, das sie jetzt in vollem Flug nach Westen der Heimat entgegentrug.

Noch waren sie keineswegs außer Gefahr, denn wenn sie auch das Schiff nicht mehr zu fürchten hatten, befanden sie sich doch in einem dünnen, leicht zerbrechlichen Boot, ohne Provisionen, nur mit dem kleinen Fässchen voll Wasser, das in allen Walfischbooten liegt, mitten auf dem weiten Ozean, und sollten ihr Ziel ohne Instrumente fast auf gut Glück nur finden. Aber ihr Mut verließ sie nicht, und wie sie, von der kräftigen Brise getragen, lustig über die tanzenden Wogen glitten, jubelten sie ihre Lust und Seligkeit laut und jauchzend hinein in die wiedergewonnene freie, herrliche Welt.

So ganz ohne alle Hilfsmittel waren sie aber auch nicht. Da die Boote eines Walfischfängers oft in der Verfolgung eines Fisches weit abgezogen werden, oder auch halbe und ganze Tage lang draußen bei einem gefangenen Fisch liegen müssen, bis das Schiff bei ihnen aufkreuzen kann, so befindet sich hinten im Spiegel bei allen ein kleiner Verschlag, zu dem der Harpunier den Schlüssel hat und in dem meist immer ein kleiner Taschenkompass, ein Feuerzeug, Fischangeln und Leinen, ein paar Dutzend Schiffszwieback und nicht selten auch einige Bücher weggestaut sind.

Diesen Verschlag brach jetzt Tom, während Alohi steuerte, mit seinem Handbeil auf und fand sich hier reichlicher versorgt, als er geglaubt hatte. Der Kompass besonders konnte ihm die besten Dienste leisten. Das Wichtigste aber, was er neben dem Schiffszwieback in dem Verschlag fand, war ein kleines, von dem Rev. Russell über die Südsee-Inseln herausgegebenes Buch, an dem sich eine allerdings sehr unvollkommene, aber doch eine Karte der Inseln befand. Wenn auch nur die Lage der einzelnen Gruppen darauf angegeben war, sah er doch, dass sie sich, seit sie Tahiti verlassen, gerade etwa westlich von ihren Inseln befinden müssten, und dadurch Alohis Meinung, der diesen Kurs genommen haben wollte, vollkommen bestätigt.

Drei Tage und Nächte fuhren sie so ihre lange, einsame Bahn und lebten von Kokosnüssen, die Alohi von dem Kutter ins Boot geworfen, den paar Zwiebacken und einigen Bonitos, die sie unterwegs fingen. In Toms Seele begannen dabei schon Zweifel aufzusteigen, ob sie nicht am Ende gar südlich unter allen Gruppen wegsteuerten und nicht besser täten, mehr nördlich aufzuhalten. Alohi wollte aber davon nichts wissen – wenigstens noch nicht für diesen Tag. So brach der Abend herein, und als die Sonne im Westen sank und den Horizont dort mit durchsichtigem Licht erfüllte, hatte des Indianers scharfes Auge einen Punkt südwestlich von ihnen entdeckt, der vielleicht ein Segel, möglicherweise aber auch eine Landspitze sein konnte. Ihr Plan war bald gefasst. Da die Dunkelheit ihnen nur zu bald den Gegenstand entzog, hielten sie einige Stunden lang der

Richtung zu und nahmen hierauf das Segel ein, um ihr Boot bis zum nächsten Morgen treiben zu lassen. Fanden sie mit Tageslicht den dunkeln Punkt nicht mehr, so war es ein Segel gewesen, und sie beschlossen dann weiter nach Norden aufzuhalten. Wie aber die Sonne im Osten ihr erstes Licht sandte, schrie Tom mit freudigem Entzücken: »Land – Land, Alohi! Dort drüben liegt Land!«, und Freudentränen liefen dem starken Mann die sonnverbrannten Wangen nieder.

Noch war freilich nichts weiter zu erkennen als ein stumpfer, aus dem Wasser vorragender Bergkegel. Wie sie aber rasch das Segel wieder gesetzt hatten und jetzt mit der frischen Brise darauf zuhielten, tauchte er auch schnell höher und höher empor, und »Bavilu!« rief da plötzlich Alohi, sein Steuerruder loslassend und von seinem Sitz emporspringend. »Bavilu!«

Es war die Nachbarinsel von Tubuai, nur etwa noch zwanzig Seemeilen von ihr entfernt, und ihre Richtung lag von hier fast ganz West. Nichtsdestoweniger hielten sie auf die Insel zu, wenn das auch ihre Rückkunft verzögerte, um sich dort erst wieder zu erholen und besonders Früchte und Kokosnüsse an Bord zu nehmen.

Noch an demselben Morgen gewannen sie das Land – für sie der Freiheit Boden, aber nicht eine Nacht litt es sie unter den Palmen, ihre Rast war erst in der Heimat. Sowie die Sonne deshalb sank und die Luft kühler wurde, schifften sie sich, mit allem reichlich versehen, was sie jetzt brauchten, wieder ein, und mit der Morgendämmerung konnten sie auch in der Ferne das hohe breite Land von Tubuai erkennen, das sie an demselben Nachmittag erreichten.

Das war ein Jubel, das ein Jauchzen auf der kleinen Insel, als die für immer verloren Geglaubten mit voll geblähtem Segel in die Einfahrt der Riffe liefen und von weitem schon die Tücher schwenkten. Intaha jauchzte, wie das Boot nur den Sand berührte, an des Gatten Brust, und die Kleinen – nicht die Seinigen allein, sondern fast die ganze kleine Bevölkerung der Insel drängte herbei, umfasste seine Knie und suchte ihn zu sich niederzuziehen.

Tom Burton war wieder in seiner Heimat, und nie im Leben schien es ihm, als ob die Palmen so traulich gerauscht, die Blüten so süß geduftet, der Himmel so blau und wonnig ausgesehen hätte, wie an dem Tag. Aber er blieb auch dort und betrat nie wieder, bis zu jener Zeit, als ich ihn kennen lernte, ein europäisches Schiff.

Manche legten dort wieder an – eins sogar einmal mit seinem alten Freund Mr. Hobart an Bord, der ihn zum ersten Mal gefangen nahm. Die beiden Männer schüttelten auch einander die Hände und lachten über jene Zeit, aber an Bord ging Tom doch nicht, so freundlich ihn Mr. Hobart, der jetzt selber Kapitän geworden, auch einlud, und so heilig er ihm das Versprechen gab, ihn nicht einmal mit einem Gedanken zurückzuhalten.

»Das ist alles recht schön und gut«, sagte Tom. »So lange wir das hier auf festem Grund und Boden abmachen. Da seid ihr Seeleute auch ganz andere Menschen; auf dem Wasser aber, auf eurem eigenen Schiff – der Teufel trau euch, und ich für mein Teil hab an der Spazierfahrt damals gerade genug gehabt.«

Über tredition

Eigenes Buch veröffentlichen

tredition wurde 2006 in Hamburg gegründet und hat seither mehrere tausend Buchtitel veröffentlicht. Autoren veröffentlichen in wenigen leichten Schritten gedruckte Bücher, e-Books und audio-Books. tredition hat das Ziel, die beste und fairste Veröffentlichungsmöglichkeit für Autoren zu bieten.

tredition wurde mit der Erkenntnis gegründet, dass nur etwa jedes 200. bei Verlagen eingereichte Manuskript veröffentlicht wird. Dabei hat jedes Buch seinen Markt, also seine Leser. tredition sorgt dafür, dass für jedes Buch die Leserschaft auch erreicht wird.

Im einzigartigen Literatur-Netzwerk von tredition bieten zahlreiche Literatur-Partner (das sind Lektoren, Übersetzer, Hörbuchsprecher und Illustratoren) ihre Dienstleistung an, um Manuskripte zu verbessern oder die Vielfalt zu erhöhen. Autoren vereinbaren direkt mit den Literatur-Partnern die Konditionen ihrer Zusammenarbeit und partizipieren gemeinsam am Erfolg des Buches.

Das gesamte Verlagsprogramm von tredition ist bei allen stationären Buchhandlungen und Online-Buchhändlern wie z. B. Amazon erhältlich. e-Books stehen bei den führenden Online-Portalen (z. B. iBookstore von Apple oder Kindle von Amazon) zum Verkauf.

Einfach leicht ein Buch veröffentlichen: **www.tredition.de**

Eigene Buchreihe oder eigenen Verlag gründen

Seit 2009 bietet tredition sein Verlagskonzept auch als sogenanntes "White-Label" an. Das bedeutet, dass andere Unternehmen, Institutionen und Personen risikofrei und unkompliziert selbst zum Herausgeber von Büchern und Buchreihen unter eigener Marke werden können. tredition übernimmt dabei das komplette Herstellungs- und Distributionsrisiko.

Zahlreiche Zeitschriften-, Zeitungs- und Buchverlage, Universitäten, Forschungseinrichtungen, u.v.m. nutzen diese Dienstleistung von tredition, um unter eigener Marke ohne Risiko Bücher zu verlegen.

Alle Informationen im Internet: **www.tredition.de/Buchverlage**

tredition wurde mit mehreren Innovationspreisen ausgezeichnet, u. a. mit dem Webfuture Award und dem Innovationspreis der Buch-Digitale.

tredition ist Mitglied im Börsenverein des Deutschen Buchhandels.

Das komplette Archiv auf DVD

Die Gutenberg-DE Edition DVD enthält das komplette Archiv Gutenberg-DE als Offline-Version auf DVD. Die DVD ist im Internet erhältlich auf **http://gutenbergshop.abc.de**

FSC
www.fsc.org

MIX

Papier | Fördert
gute Waldnutzung

FSC® C083411

Zeitfracht Medien GmbH
Ferdinand-Jühlke-Straße 7
99095 Erfurt, Deutschland
produktsicherheit@kolibri360.de